U0057563

AQUARIUS

AQUARIUS

AQUARIUS

每個人心中都有一座島嶼，

藉文字呼息而靜謐，

Island，我們心靈的岸。

下面，
我該幹些什麼

阿乙　著

【推薦序】

殺與逃的雙股螺旋

丁允恭／作家、高雄市新聞局局長

關於這本書，首先，我們要談的，當然就是「殺人」。

阿乙問說：「下面，我該幹些什麼？」於是，我們要問：那Meursault（編按）走了以後又怎樣？

那是《異鄉人》裡面，在母親的喪禮之後、焦燥乾渴的刺眼日光之中，因為輕率的誤解而殺死了阿拉伯人的男子。後來我們都知道了，他百無聊賴，他麻木不仁，對一切都滿不在乎，連辯解都不屑為之，所以自構了荒謬的末路。存在主義的年代，不為了什麼而做些什麼，意義的一再削減，終至虛無；這虛無也成為一面鏡子，反身看到無所依附的自己，成了一代文青的流行，這是大家都知道的。

然而在開放槍枝持有的美國州份、一次次的校園槍擊事件後，在貼上御宅標籤的秋葉原隨機刺殺事件後，當然，也在台北捷運令人悲傷的殺人事件之後，關於種種的「無意義殺人」，全都因為難以理解，而被反覆討論著。異鄉人裡頭這樣高蹈的哲學，抽象的關於存在的反省，卻沒有辦法滿足我們對於每一個具體殺人案件裡面，種種庸俗而真摯的好奇心。

Meursault縱然無賴，卻也稱不上可惡，關於那些真切地可惡著的人們，又或者所有那些擁有著「汪洋大的殺意、鼻屎大的動機」的人，他們到底在想些什麼呢？

對於這些無意義的殺人，我們還需要更現世的說法。

於是，我們有車載斗量的通俗犯罪小說，也有像村上龍的《寂寞國的殺人》這樣的社會評論；也於是，阿乙在目睹了學生殺人的社會事件以後，寫出了這本《下面，我該幹些什麼》。

就殺人者的主觀意志而言，「殺人」常常是他們與世界對話的手段，可是在無意義殺人的情境下，殺人作為一種說話，通常是沒有對話基礎的對話。沒有對話基礎，我們又如何談論下去呢？

我們的社會，習慣於簡單的答案，與複雜的儀式，對於這些殺人事件，我們往往以死刑等手段作為回應，然而對於並不畏懼死亡的人，這樣的回話往往只能讓他們冷笑，甚至對他們的惡我們也無從真正懲罰。這種無奈的情境，或許只好交給小說家以細緻的筆法來摸索，找出真實對話的稀少可能出來。

迥異於Meursault的漠然，阿乙的兇手充滿了獨白，然而這樣的獨白，雖然對於真實事件中那些謀殺者的模擬未必精準，卻是跟讀者最交心的對話。

在殺人以外，就是「逃亡」。

花了生平裡面許多時間擔任犯罪追獵者——警察的阿乙，決定採取被狩獵者的視角，展開一場逃亡之旅，也讓「逃亡」成為無意義殺人的意義所在，讓主角從殺人者的狩獵角色，轉置為被追捕的獵物角色。

逃亡本身就「不是」什麼，而並非「是」什麼。一場逃亡，就像是一隻不斷掙脫著自己舊皮的毒蛇一般，把過去所有拋諸腦後。「逃」也是常見的主動機，隨著情節的發展，它構成了一部公路電影，或甚至是一場RPG遊戲，不論基於道德感受使我們對逃亡者多麼厭惡，我們卻也不得不對他做出投射與同情，也讓整個閱讀的過程成為兇手的從犯。在逃亡的過程中間，載荷了沿途的風景，也豐富化整個蒼白的犯罪故事，更因為拉長展延的時間軸，讓一切有機會在敘事中被反芻消化。

在阿乙的手下，逃亡本身也是匪徒對警察、對政府，乃至於整個體制的嘲笑方式，更與「殺人」所構成的挑戰互為呼應。逃亡的成功，讓體制自己所號稱的效能，因為本身的臃腫龐大，或是年久失修，而完全失靈故障。然而在這淺層的譬喻之下，更是挑戰一整個使我們感到安逸釋然的社會系統，原來所有那些我們以為足以保護我們的機制並不可靠，當然他們日常如同匪徒一般的行徑就更不在話下。

就在殺人與逃亡之間，交雜出這部作品的雙股螺旋，敘事在其中纏繞向前。我們小說的主人翁，透過冷血無恥的殺人，與大逃亡歷程的構思與實行，也幾幾乎就要反向地英雄化了起來。我們不禁也會猜測，或許這也是阿乙對自己未必情願的警察生涯，一種漫不在乎的嘲笑？

然而或許是對更多事物一種更為廣泛的巨大嘲笑。

編按：即為《異鄉人》主角之名。

《下面，我該幹些什麼》目錄

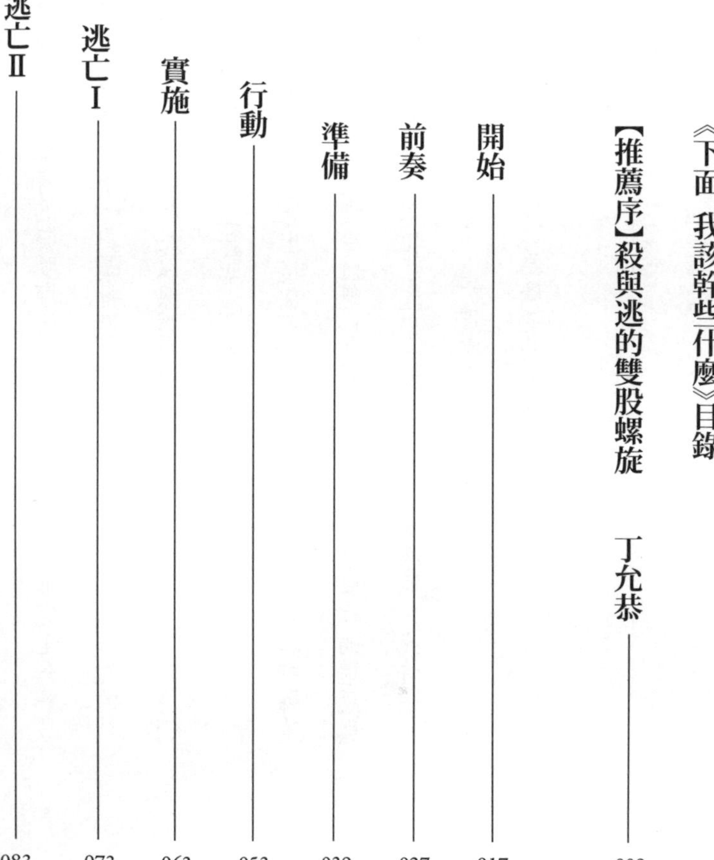

開始

據說在漫長的夜晚，
勞改犯都在漫無目的地工作，
以致出獄後變成出色的鞋匠、木匠、裁縫或者雕刻師。
而我只學會手淫。

今天，我去買了眼鏡。起先試的是墨鏡，但那樣欲蓋彌彰，後來挑了副普通平光眼鏡，這樣它既不招搖，又能將人們的注意力有效轉移過來，默認我為近視眼。人們總是傾向相信戴眼鏡的人。

我還買了透明膠，我試著將一隻手黏起來，繞上一圈，很久才能撕扯乾淨。

今天的計畫裡沒有買衣服這一項，不過出於憐憫，我還是走進一間服裝店。店主三十多歲，個子矮小，臉像乾黑的橘皮，剛被一位稍有姿色的顧客羞辱。我想愛美之心人皆有之，開服裝店也是她行使作為女人的權利。我就是這麼想的。可她一抬頭，我便後悔了。這是一雙沒辦法再低眉順眼的眼神，我走到哪裡，它就跟隨到哪裡。我待要走，聽到她奇怪地喚，叔。她說：「外邊一千多的我這裡賣幾百。一樣的貨，都在我這裡淘。」說著取下一件T恤，「先試試，不試怎麼知道效果？試好了再談價錢。」她說得十分生硬。我在鏡前比劃，看不出和原來的自己有什麼不同，因此當她說「你穿著就是合身」時，將它扔了。她說：「你想要什麼樣子的？」

「我要的你沒有。」我走出去。

「你說說看。」

「說不清楚。」我走到門外，她像條遺憾的狗跟出來。這時路上走來一位幹部，穿著筆挺的襯衣西褲，踏著鋥亮的皮鞋，夾著一個公事包，我說：「就是這樣的，你有嗎？」她低呼道，「有的，有的。」

「皮鞋和公事包也有？」

「都有。」

她走進去瞅著我，怕我走掉，一邊在紙箱裡翻找。果然都湊齊了，只有公事包是棕色的。我拎著進試衣間，換好出來照鏡子，見桌上有啫喱水（註一），說：「打一下不要錢吧？」

「不要，隨便打。」

我擠出一團，將頭髮梳得油光，覺得是那麼回事，便問：「現在我看起來多大？」

「二十。」

「你說實話。」

「二十六七吧。」她不知道我對這個答案滿意與否，惶恐地看著我走進試衣間。我出來後將衣物丟在一旁，盯著她看了有六七秒，問：「多少錢？」她果然像得救那樣飛起來，懸空按好計算器，「都給你打了最低折，共六百，只收五百八。」

「少一點。」

「頂多再少二十，否則一點利潤也沒了。」

「少一點，買不起。」

「那你說多少。」

我想起媽媽交代的，要對半砍，但我說得更狠，「兩百。」

「本都不夠。」

「兩百。」

「叔，你要誠心，四百拿走。」

「我只有兩百。」

「兩百買走四樣東西，生意做不起。你要買哪件還好商量。」

我便走了。身後一點聲音也沒有。這種感覺很奇怪，就像男女間兩敗

註一：指水性髮膠。

俱傷的分手。我走得越遠，越感覺到她是真的沒有利潤，但又不好意思回頭。然後就在我要走過街道轉角，以為事情到此為止時，她喊：「等等，兩百給你了。」我轉過身，看見她朝我招手，便也舉手朝她揮舞，然後才獰笑著，算是如願以償地走遠了。我身上只有十來塊錢。

下午六點半，我回到軍校家屬院，何老頭恰好也回來。院落像空墳，只住著他和我，門口卻有人二十四小時站崗。對軍校新兵來說，這是一項修煉，學校是這樣要求他們的，他們執行得很好，四肢併攏，像站進自己的身體那樣站著。

我遠遠跟著何老頭上樓，他關上門，我才小心打開自家的門。屋內那些陰滑的精靈撲上來，我知道它們叫空無。我坐著發呆，不知該如何應付。據說在漫長的夜晚，勞改犯都在漫無目的地工作，以致出獄後變成出色的鞋匠、木匠、裁縫或者雕刻師。而我只學會手淫。我走進臥室，拉上布簾，套弄著，很快射精。

我睡過去，直到醒來再也睡不著。這時我得找點事情幹。我懷著僥倖心理，拉亮燈，推開空紙箱，移走花盆、一捆舊雜誌和一只插著塑膠花的瓷瓶，扯起罩布，找到那只鎖孔在上的保險櫃，將鑰匙插進去，慢慢試探。接著我拉滅燈，重新試探。黑暗使我專注。有一次我打開過它，裡邊藏著郵票、像章、銅錢等玩意兒。

我想當嬸子看到保險櫃被盜竊一空時，會頓足驚呼，叫苦不迭，最好是能痛哭流涕。這是她應得的。我和我的一家不欠我的叔叔什麼，我來省城投靠他，是這個家族歷史上最重要的交易之一。在爸爸和叔叔還年輕時，成績更好的爸爸作出讓步，供叔叔讀大學，在煤窯裡種下肺癌的根。但是原本只是一名公交售票員的嬸子，僅僅因為自己是省城土著，便覺得我們全都是欠她的。媽媽送我來省城時，拿出土產，被她傲慢地推回，「拿回去，拿回去，你們自己也不容易。」我真想對她吼：「我媽媽比你有錢多了。」我住進這裡後，她和叔叔還沒搬走，我每天蜷縮在陽臺，羞愧得恨不能自殺。我洗澡，她會將煤氣關掉；偶爾看電視，她又踩著高跟鞋走來走去；她不說我不能坐沙發，但我一旦起身，她便拿抹布來擦；而只要看見地上留有腳印，她又匆匆用拖把拖上幾個來回，就像拾糞老農歡喜地發現了又一坨牛糞。

現在她住在分院宿舍，漫長地裝修著一所附近的別墅。叔叔去地方掛職已久。我一人住這裡。以前日日盼，現在卻覺得不過爾爾。只能說，住在房裡的人們，最後都讓房子得勝了。

我輕輕旋轉鑰匙，一次又一次，像是落進無解的宇宙。時間消失了。外邊傳來腳步聲，停在門前，一串鑰匙叮叮噹噹響，來者找出一枚插進鎖孔，防盜門便發出嗒的一聲。有人來了，多麼正常啊。我繼續旋轉鑰匙，直到猛地意識到什麼，瘋狂扯它，扯不出，索性扭斷了。嬸子打開第二道木門，我憑感覺罩好罩布，將邊角拉直。她先後關上兩道門時，我將舊雜誌和瓷瓶放上去，想想位置不對，又放一次，然後捉起地上的花盆。我的手劇烈顫抖，幾乎讓它掉落下來。

謝天謝地，布簾是拉好的。

嬸子拉亮燈，只遲疑一兩秒，便朝臥室走來，我撲到地上，喘著粗氣，數出一個數字：四十四。她撩起布簾，探進頭來，不知道我的後腳正將大紙箱推回去一點。

「黑咕隆咚的幹什麼呢？」她徹底拉開布簾，讓燈光漏進來。

「俯臥撐。」

「不好好讀書，做什麼俯臥撐。」

她將我踢起身，好像要尋找什麼，一無所獲，然後像是極隨意地拉開紙箱，捉起瓷瓶，接下來也許要挪走花盆、雜誌，揭開罩布，查看那個保險櫃了。我迫切感到要說話，說什麼都可以，就是想說，說完就掐死她。她此時卻回過頭來，詫異地說，「你這孩子怎麼這麼怪，不是叫你去讀書麼？」我瞬間臉色通紅，僵立在那裡。

「出去。」

她明確下達判決，我才全身汗濕著走出來。我坐在沙發邊沿，像頭伸在鍘刀下的囚犯那樣，等待她憤怒地走出來，告訴我我都幹了些什麼。但她出來時卻只是往包裡塞幾件舊衣服，我感到不可思議。

「明天我去你們老家碰你叔，需要幫你帶錢麼？」她說。

「不用。」我虛脫起來。然後她走了。她走掉很久就像還沒有走掉一樣。我去臥室看，保險櫃的罩布不像被扯起來過。

前奏

我們像兩棵樹、兩根木棍那樣擦肩而過，
而我心知，我是殺過你的，
只是你不知道而已。

第二天上午，我去看鎖孔裡斷掉的鑰匙，它像陽具，被長著牙齒的陰道悲哀地咬死。我需要一把老虎鉗。我去學校拍畢業照，可以順路買回。

這天光線柔和，照在成行的綠樹上，使學校乾淨、疏朗。他們團在一起，嘰嘰喳喳，我站在一旁格格不入。照相分兩個步驟，每人先照頭像照，最後合影。在等待時，我窺視著孔潔，她穿著白色絲綢演出服、淡紅裙子，打著藍色領結，不時擦汗濕的髮梢。太陽照下來，使她更加的白，就像照在雪地上那樣讓人心慌。

在上學之外的所有時刻，她的母親都像一條可憐的狗跟著她——這是她跟我說的。在她的父親死掉後，她成為母親唯一的財產，被關在門裡，像工人那樣操練小提琴。每次演出，母親都僵硬地坐在台下，細細觀察觀眾的表情，然後極其嚴肅地將她領走，直到有天她讓所有觀眾起立鼓掌，母親才摟住她，又是哭又是笑。

她唯一的祕密是一隻小狗。她窩藏著牠，處心積慮地與母親周旋，不足兩天，便意識到這是不可能的事。每天下課，她都找人托養，最後找到我。我有一間房子，一個人住。我把狗養死了，因為惱恨地踢了牠一腳，牠從此一蹶不振，死在她懷裡。她用小鐵勺一勺一勺挖牠的墳地，淚水汩汩而出。我告訴她是別人踢了牠一腳。

現在，她看到我在看她，覺得我有事，走過來。她的眼神充滿柔情，就像一個啞巴看到另一個啞巴、一個聾子看到另一個聾子那樣。我們都死了爸。她說：「你很不開心。」

「我和我的嬸子很麻煩。」

我不敢直視她黑漆漆的眼睛，隨便又說了句「沒法活」，便不安地離開了。

照相的地方有塊釘好的白布，前面擺著一張椅子，有人坐上去，大家都行注目禮。輪到我時，我感到很不自在，照相師傅把腦袋從照相機後抬起來，說：「你也該理理你那亂蓬蓬的頭髮了。」大家哄堂大笑。我嘴唇哆嗦，臉色發紅，但還是抬起下顎，將茂盛的鬍子、咬緊的腮幫留在鏡頭裡。我讓眼神顯得冷漠。我覺得這種照片就應該按通緝令的標準拍，這時講究美沒有任何意義，這就是我留給你們的最後印象。

合影後，我找到多少有過一場交情的李勇。他驚懼地看著我。他告過我的密，我們為此打架，他輸了。我寬宏大量地拍他肩膀，摟著他耳語：「一日是兄弟，一生是兄弟。」

從此，我再也不會回到這所學校。

買到老虎鉗後，我清查餘額，還有一百來塊，索性又換地方買下尼龍索和彈簧刀，這樣就剩不下幾個子兒。我知道購買管制刀具需要開證明，因此開始只打算買水果刀，但當店主露出共謀者才有的笑容時，我忽然覺得不必那麼謹慎了，要了匕首。他將我拉到內間，找出一箱軍用彈簧刀，我挑了最便宜的那把。

我覺得有一把彈簧刀，事情就會有一種儀式感。我將它藏在包裡，走過人群，不一會兒就忍受不住誘惑，將手塞進包裡，按起按鈕。嗒，它彈出去，嗒，它收回來。我感到眩暈，我是死神，可以隨時決定這些路人的生死，而他們只能將之歸結為偶然。但我得挑選。在我心中，一個人被殺是因為他值得被殺。我覺得這些人都不太合適。直到走來一個一邊用小梳子梳頭一邊左右張望的年輕人。他大約一米八，穿著巨大的皮鞋、修長的西褲和能顯現胸腹的黑色緊身襯衣，就是瘦得有點過分，肩寬僅一尺左右，這讓它看起來像一條可笑的扁擔。但這並不影響他對自己的良好判斷。他緊抿嘴唇，威嚴地走過人群。我想直到昨天他還懷才不遇地爬上寡婦的肚皮，而今天已然升職，擁有獨立的辦公室。

我們像兩棵樹、兩根木棍那樣擦肩而過，而我心知，我是殺過你的，只是你不知道而已。

回到家屬院，我用老虎鉗夾住鑰匙的殘柄，卻使不上力，轉也轉不動，扯也扯不出。弄了一小時後，我憤怒不堪，握住老虎鉗往保險櫃狂敲，只覺虎口震痛，眼淚翻滾。我想事情苦心編織如此，毀在這麼一個小細節上了。

下午一點半，隔壁門響動，是何老頭出門。事雖不濟，我還是按照計畫，強打精神跟出來。何老頭牽著一條獵犬，牠抬腿時就像一匹老馬那樣斯文，懶勁十足。有時他和牠停下來，他搔手臂，牠側過長著癬疥的背去蹭他的腿。當牠趴住不肯走時，他吐唾沫，連續踢牠的腹部，說：「養你有什麼用，死了算了。」而牠只例行公事般地哼幾聲。他得用皮帶抽，牠才努力支撐著，搖搖晃晃站起來。有時為了讓牠走得有信心，他會往路上撒些餅乾渣。

這是一條永遠也不主動叫喊的老狗。但在我收養孔潔那隻小狗時，不知道牠怎麼將信息傳遞過來，我這邊小狗瘋狂刨門，不停叫喊。就是那次，何老頭猛拍我的防盜門，接著用腳踢。我想捂住小狗，但牠掙扎得更厲害。我只能打開門。這是我第一次看清他的臉。他掐著我的脖子，臉色紅透，眼珠突出，牙齒全黑了。

「吵死人，都幾點了！」

「對不起。」

「你他媽還想不想活了！」

「對不起。」

「你要不想住，滾！」

「對不起。」

「對你媽逼的對不起。趕緊的！」

「對不起。」

他鬆開手，我咳嗽起來，我想這樣會勾起同情，但他還是抽上一記耳光，並狠踢了一腳。我淚花翻滾，朝他鞠躬，關好門。我想捂死小狗，但牠也被嚇呆了，我給孔潔發短信要她趕緊帶走，牠卻是又叫起來，我便一腳踢向牠肚子。牠輕飄飄地飛起來，重重落在地上。

我現在跟著他，卻是沒有恨，我覺得那走著的只是一具木乃伊。我能理解這個過去俯視幾千人的教官現在所擁有的特有的寂寞，他害怕的不是死亡，而是時間的無限延長。他睡眠時間很少，很早起來遛狗，太陽升起時歸來，聲勢浩大地做飯，然後去崗亭處取報紙，逐字逐句地讀一個上午，再聲勢浩大地做飯，午休一小時，最後從家裡出來，帶著那條萬壽無疆的狗。有一天，他既沒遛狗，也沒做飯，而是穿著整潔的軍服，佩戴燦爛的勳章，早早坐在樓下。傍晚了，一輛吉普車才開進來，他鼓起水汪汪的眼睛，三步併作兩步走過去，和來者逐一握手。我站在二樓，看到那些慰問人員一個個像被綁架了那樣焦灼不安，不禁好笑。

他繼續朝前走，碰到一夥圍著三輪車下棋的，背起手慢慢看，應該是有人出棋沒按照他的意志，他大聲嗟嘆，這樣別人就和他爭吵起來，以他孤零零的勝利告終。他們白著眼，騎走了三輪車。

然後他走向一堵牆，牆兩邊分別是街市和工地，牆下蹲著三五個穿著鮮豔上衣和平常褲子的中年婦女，正大口吃著盒飯。一些穿白背心的老頭夾著碟片、提著食物逡巡在那裡，裝作不知道她們是幹什麼的，直到她們說：「想玩嗎？」

何老頭每次都搶著說：「想啊，就看玩什麼。」

「玩什麼你還不知道嗎？」

「不知道，說說看呢。」

「你都知道還要我說幹什麼。」

「我真不知道。」

「操逼。」

得到這個答案，何老頭心滿意足地走掉。他從來沒有遠遠地跟著小姐去一趟出租屋。他解下拴在樹上的皮帶，一再念叨著「操逼」，和他的狗去附近公園了。我懶得再跟，走回家裡，往鎖孔裡倒肥皂水，用老虎鉗夾住鑰匙，還是弄不出來。我呆呆站著，脾氣像小瓶裡升溫的氣體那樣，慢慢膨脹，終於爆發出狂怒的力量。我握住老虎鉗不停地砸鎖芯，那東西帶來巨大的反作用力，幾乎震斷手臂。

後來我躺在床上，想安定自己，卻又被緊緊攫住，不得安生。我起來數趟，每次都以為能找到辦法，卻只不過是陷入到更深的焦灼當中。最後一次起來時，我萬念俱灰，只想怎麼懲罰它，我對著它狹長的入口撒尿，然後雙手抓住立腳，像牛那樣拱起半邊肩膀，連吼三聲，將它頂翻。它砰地一聲倒下去。不可能指望它會自己散架。但在它底部，我看到一只黏緊的密封塑膠袋。拆下袋子，再揭開裡邊的塑膠泡沫和舊報紙，便看見一只像鏡子那樣又圓又扁的玉佛，有些晦暗，湊到光線下看，卻又分明活了。它笑個不停，眼睛、眉毛、嘴巴在笑，就連額角的絳紅色胎記也在笑，笑得肉脂和衣服像波浪一樣翻滾起來。

我也笑了，笑得眼淚都出來了。我想打電話告訴這世界隨便什麼人，我是怎樣發現一個小市民在藏寶時所湧現出的奇怪心思的。她有著近乎愚蠢的聰明，對誰也不相信，包括自己，她覺得最危險的地方最安全。她將寶貝黏在保險櫃底下。她昨天將我轟出來，是想自己蹲下去摸那裡，她摸到，安心走了。

何老頭回來時，我對手機，是下午六點半。我想你真他媽不愧是一個軍人。

準備

我們思考著同樣的問題：名逃犯他會往哪裡逃？

對我來說，

它充滿無限的可能性。

次日一早，我來到舊貨市場，遊蕩很久，才挑好一位看來識貨的店主。他面相清瘦，白髮蒼蒼，戴著老花鏡，與人對視時自有尊嚴。我想他說個差不多的價，就收錢走人。但他鑑別好後卻不置一詞。我問值多少，他嗯嗯啊啊地，好似要說，又不說，只是不舒服地看著我。我再三催促，他才說：「小兄弟，你認為它值得多少呢？」

「這個要問你，你是專家。」

他用拇指劃著玉佛，說：「玉倒是玉，就是太陰了。」

「那你覺得值多少？」

「五百。」

我取過玉佛，說：「五百你買速食麵去吧。」

「那你認為它應該值得多少？」

「一萬。」

「怎麼可能？」

「信不信我賣兩萬。」

他笑了，說：「小兄弟你很會開玩笑。」我覺得這是恥笑，拔腿要走，聽到他說：「三千吧，大家都誠心點，三千是個合理的成交價。」

「一萬。」

他沉吟再三，又報出五千，我直視這個老者，一字一字地說：「一萬五。」他說：「你看，你開始說一萬，現在又說一萬五。」

「兩萬。」

他攤攤手，做出無能為力的樣子。我便走掉，我聽到他又嗯嗯啊啊起來，知道他在組織詞語，便索性急走出門。我藏在樹後，窺伺著店門。未過數秒，他果然像老鼠那樣張望著走出來，看見我便拚命招手：「你來，你來。」

「想買了？」

「買，一萬我買。」

「你當我是什麼？」

我拔腿又走，我覺得自己這是在賭博，我也不知它到底值得多少。我想他要是不跟過來，我也不會輸，還可以死皮賴臉回去。他的行動證明這是件無價之寶，他在跑，這個老東西就像鏈條生鏽的自行車那樣，咔嗒咔嗒，在艱難地跑——還沒有我走得快。我停下來，說：「你真要買，去取錢，我在這兒等著。」他果然又毫無尊嚴地跑回去，到門口時回頭一望，發現我沒走，便堆出下作的笑容，比劃出一根手指。我正義凜然地伸出兩根，他表示明白。

他提錢來時，一定要先察看玉佛，確信沒有掉包，方給出一捆一萬。

我推回去，他便補了一捆。我將一捆塞進包內，一捆塞進褲兜。他說：

「你也不數數？」

「你不會少的，你怕我反悔。」

這時，一個跛掉的乞丐端著鐵筒移過來，我見裡邊都是一毛五毛，索性將褲兜的一萬元放進去，乞丐低頭看著，脖子僵直，欲哭無淚。我踢了他一腳，他想到什麼，棄掉拐杖，風一般遁了。店主錯愕不已。我想他明白了，我並不在乎玉佛能賣多少，我只需要一萬。

吃飯時，我開始省著點花，去火車站坐的也是公車。這是事情的原則。距離火車站很遠，我便拆下手機電池。

火車站廣場有一面孤牆，繪著巨大的中國地圖，人群像魚兒般湧來湧去，將它一遍遍經過。我站在它面前，像站在時間之河，一天之後公安局長也會站在這裡。我們思考著同樣的問題：一名逃犯他會往哪裡逃？對我來說，它充滿無限的可能性，而局長必須拿起奧卡姆剃刀，將目標削為兩處：一、逃犯在那裡有著重要的利益或情感約定；二、逃犯在那裡有認識的人。

剩下的他只能聽天由命。

我捫心自問，在這世界與誰也沒有約定，如果非得算上一個，那就是自己。很早以來我就想去海拔很高的名山觀看日出，我一度覺得這是治療人心衰竭的唯一辦法。而我在異地認識的人，媽媽、大多數的親戚以及原來的同學都住在A縣，只有一個姑媽家的表姐生活在遙遠的T市。

我到售票大廳排隊，準備買明天下午四點半離開的票，半小時後陡然想到它是過路車，可能晚點，便走出隊伍重新盤算。最終買好的是明天下午四點十分從此地始發的票。售票員說只有軟臥，我說不要，她說沒有硬座，我說那就站票。此後，我找到一家離火車站很遠的機票代售點，接通手機信號，當著攝像頭拿出身分證，花幾百元買到一張明天晚上九點出發的折扣票。

出來後我將機票塞進排水口。

下午，我找到曾經去過的那間服裝店。店主穿著舊連衣裙，撲在收銀臺上打盹，嘴角流著口水，一絲眼白可怖地露出來，門口的喇叭則來回播放清倉的消息。我看見上次試過的襯衣、西褲、皮鞋和公事包還堆在那裡，沒有收拾。

我敲打著桌面，她從久遠的地方醒來，「看中什麼了？」我指著那四樣。她看著它們，又看看我，記起來了，說：「兩百你都不要。」

「不，我要，我要兩套。」我從一遝錢裡抽出四張。她狐疑地看著，笑容忽然像傘打開，人飛將起來。這讓我感覺像上帝，我是在將甘露灑向最困厄的女人，使她獲得往下活的力量。

她給我倒茶，不停說：「我就說你看起來不像不誠心的人。」我見如此，索性將單子交給她，她從自己店裡拿，或者去隔壁店裡借，將我需要的皮帶、鞋油、香水、帽子整齊全，還將那半瓶啫喱水送給我。我讓她將帽子換了個大號的。

她打包好後，搓著手，像孩子等待領賞那樣。我又抽出兩張，她說：「多謝叔，叔是大老闆。」我真想湊過去親她一下，手卻抽回來一張。我眨眨眼，走了。我想她很開心。

我還買了老鼠藥、壓縮餅乾和礦泉水。其中一袋餅乾在家拆著吃了，吃不掉的倒進去老鼠藥，就著塑膠袋揉，直到它們被揉碎揉勻。然後我像任何即將遠行的人那樣，亢奮地收拾行李。我將錢塞到旅行包最裡邊，將內褲、鞋油、牙刷、牙膏、毛巾、洗髮水、肥皂、餅乾、礦泉水鋪好，再在上邊放置眼鏡、公事包、襯衣、西褲、襪子、皮帶、皮鞋、啫喱水、梳子、香水。火車票和兩張身分證放在錢包裡。有一張是假的，是蓄鬚之前出於好玩，花一百元找辦證廣告辦的，在那上邊我叫李明，北京人。

帽子拿在手裡，我轉動著它，又將它戴在頭上。我在想還有什麼遺漏的。我不相信自己，又打開旅行包，將東西倒出來檢查，果然發現少了一把剃鬚刀。這並不致命，下樓買一把就是，但它還是提醒我，這是我人生能主動做的最後幾件事之一了。

此後我開始收拾房間，客廳本來就小，嬸子居住時，往裡又添出許多無用的東西。我關死兩邊的玻璃窗，拉上窗簾，將電視櫃、沙發、鞋架、盆景以及一些雜七雜八的東西堆到一個角落，用拖把將空出的地方拖得一塵不染，隨後將洗衣機從衛生間推出來，擱置在門邊。那些彈簧刀、尼龍索和摻好老鼠藥的餅乾袋則放在屋角，透明膠撕開，黏掛在牆上。

我躺在地上，沉浸在將要離去的憂傷裡，給媽媽打電話。這是我第一次主動和她打電話，我們經常吵架。

爸爸死時，媽媽一滴眼淚沒流，也不覺得害怕，開始做生意。她將飲料賣給別人，自己則用熱得快（註二）燒水，有時貨物來了，為省搬運費，自己一箱箱搬回來。我要是吃點什麼零食，她便說不衛生，都是臭油炸出來的。我說這麼大的牌子怎麼可能坑害顧客，她說，那也是錢，你吃掉一袋，我得賣出整整一百袋才能賺回來。

「你賺錢到底是為了什麼？」我說。

「當然是為了你。」

「為了我你還不讓我吃。」

「我還不是為了你的將來。」

「我將來要是得癌吃不下東西，你不是白搭？」我將東西扔了，聽到她蠻橫地說：「那你現在也不能吃。」我覺得她只愛錢。她每次看見我消耗它，眼神都會充滿失去的悲壯。我覺得是這樣的，如果要在一千元和我之間做出選擇，她會選前者。但後來我覺得並非如此，之所以經常發生這些可笑的爭執，是因為我的成長讓她害怕，這個文盲唯一懂得並且經過實踐檢驗的道理是辛苦賺錢，這是她能控制我的唯一資本。

後來我很少與她糾纏，她愛怎樣就怎樣。但現在，當她的聲音傳來，一想及自己要永遠滑向另一個世界，我便淚花翻滾。我想起一本書裡說的，「人只有一個媽呀」。我靜靜地坐著，悲傷地聽她嚴肅的說教，她說：「你的人生大事落實了，更加要聽叔叔嬸子的話，平時放勤快點。」

註二：一種類似電湯匙的電子加熱器。

我說：「嗯。」

彼此又沒什麼好說的，我便問：「嬸子去了嗎？」

「來了，看得起我，給我帶了好幾件高級衣服呢。」

「什麼時候走？」

「明天下午。」

我覺得就這樣，便掛掉電話。然後給孔潔發短信，我說：「我實在受不了，真想殺掉我的嬸子。」她回來電話，說：「你別急，冷靜點，我們一起來想辦法好不好？」她的聲音像是自天而降的水瀑，纏繞在我身上，轉瞬又消失掉。我頓在那裡，衝動莫名。當它再度傳來時，我聽分明了，那是柔弱、真誠、焦灼和不離不棄，是一個人對另一個人的愛。即便她愛的是所有人。我放聲大哭。

我哭得那麼傷心，以致很久都覺得不真實。我走來走去，終於就著悲傷，找出本子，記起日記來。我絞盡腦汁，只寫出幾個乾巴巴的句子，後來便這樣寫：

表姐　表姐　表姐　表姐
表姐　表姐　表姐　表姐
表姐　表姐　表姐　表姐
表姐　表姐　表姐　表姐

我寫了一頁又一頁，直到再也寫不動。

行動

我等不及了。
我換上另一套T恤、球褲，
拿起彈簧刀，
走過來，
走過去。
嗒，
嗒。

鬧鐘定的是上午九點，八點我就醒了。我給孔潔發短信：「我和嬸子撕破臉了，無家可歸，下午兩點當她面取東西，你能來麼？」

她回：「不能挽回麼？」

我回：「不能。我已經買好傍晚回老家的火車票。」

然後手機許久沒有動靜，我盯著它，覺得人和人終歸相隔，此一大事，彼一鵝毛。我熬不住想打過去時，她又回過來：「你先別著急，看看能挽回不？」

我回：「現在你說話方便麼？」

她回：「方便。」

我便將電話打過去，說：「到時你能來一趟麼？」那邊又沒聲音了。

我知道她在猶豫，她一貫奉行的是樂於助人的準則，現在內心生出的感受卻是「痲煩」，她覺得這事很痲煩。我有些失望，說：「就當我沒說過，就這樣。」然後掛掉電話。

一會兒，她發短信過來：「我來，你別灰心，你要相信任何事都是可以挽回的。」

我冷漠地回：「多謝。」想想又回了一條：「我永遠不想讓第三個人知道這段屈辱。」

她回：「好。」

這時隔壁何老頭在炒菜，鏟子不停抄著鍋底，聲音撕心裂肺。我戴上帽子，穿著T恤下樓。快到崗哨時，我將拖鞋拖得山響，哨兵目光斜視四十五度，兩手併攏，貼於褲縫，就像雕塑紋絲不動。我走近看，汗水像簷雨從他帽沿流下，淌了一臉，而指尖和臀部由於用力過猛正在輕微抖動。

我咳出好幾聲，才想到一個稱呼，「同學，你這個班是站到下午麼？」

他像機器人旋轉九十度，啪地立正，「是，下午三點。」

「我有個朋友兩點過來，麻煩你到時放行。」

「他長什麼樣子？」

「是個女的。」

他露出會意的笑。我摘下帽子，不停地搧，說：「好囉。」他說「是啊」，藉著這個機會鬆弛下來，想和我多聊一陣。他當然知道我是軍校教務處長的侄子。我傲慢地走掉。我厭恨他這種生活，不想和他們打交道。

我找到一家生意差的理髮店，只說一句「也該理理這亂蓬蓬的頭髮了」，他們便像雀兒撲來，嘰嘰喳喳開風扇、倒茶、搬椅子，問我用什麼洗髮水，要弄什麼髮型。我翻過冊子，看看他們頭上，都是一個鳥樣，像是雉尾五顏六色聳成一團，便說：「你們能弄點正規的麼？」他們又拿來一本冊子，上頭盡是日韓清純小生，無時不在展現叛逆背後的幼稚。我擺擺手，想描述又描述不出來，此時電視恰好放準點新聞，有位看不出年齡的男子在播報新聞，我便說要那樣的。

我看著電視，忽然想播音員每個動作、每句話其實都在展現這個職業無盡的合理性，便討來紙筆，細細記錄。我想人要迅速贏得周圍的尊重和信任，必須掌握以下幾個要訣：

1. 服裝簡潔普通，色調穩重；
2. 髮型為二八偏分，髮線向後向右，一絲不亂，積極健康；
3. 面部表情不能豐富；
4. 動作平和、自然、適中；
5. 頭部端正，下頷微收，時刻保持自然誠摯的微笑；
6. 眼睛不能睜大，也不能迷糊，眼神明亮、集中、柔和，角度正視

（略偏下），做到眼前有人，心中有人。

我對鏡自審，看到的是一張截然不同的臉。我眼神冷漠，無所依附，嘴角下拉，鬍子拉碴，頭髮向各個方向蓬散。那些在歲月中生發的慵懶、無聊，已然刻印在臉上。我想即使我沒犯事，人們也會第一個懷疑我。

我苦心模仿播音員的儀態，分寸極難把握，有一陣子理髮師和我都覺得沒有比這好笑的事。但當髮型弄好時，我眼前一亮，都有點認不出道貌岸然的自己了。理髮師說要不要刮鬍子，我說不要，結帳走人。

時間尚早，我無所事事，尋到一個檯球攤。大上午的，人煙稀少，我提出和老闆對打，老闆斜眼看著我，沉穩地說：「我不怎麼會打啊。」而手已經提起桿子。

「我也不會打。」

他開球就塌桿，我讓重開，他說：「比賽就是比賽，不講人情。」我說好，提起桿也姿態難看地打起來。第一局是五十元，我不想贏，他也不肯進球，嘴裡一再說自己真不會打。我知道他在釣魚，便順水推舟連收兩局。

第三局他說行價是翻倍，我說好。他又說：「我可要好好打了。」我說好。他知道我的鬥性還沒激發起來，因此仍舊裝出一副菜鳥的樣子，對每個球都鄭重其事地長考，出桿患得患失，但是想進的球都會進。我從冰櫃拿了瓶啤酒，咬開喝了，然後閉目養神。其實我很煩，我打檯球就是這樣，沒打時想打，打過三局便興趣索然，對手總是越來越磨蹭。

他打得沒什麼打了，做好防守，諂笑道：「承讓承讓。」

我走去一看，知他欺我不能解開，便打了個白球反彈，將目標球撞入底袋，爾後手起桿落，直打得洞口剩下一枚黑球。他像首級要被割掉，將球桿放到一邊。我將白球徑直打入空袋，將球權留給他。他說：「兄弟好爽性。」

我說：「就當請我喝啤酒。」

他還要找我打免費局，我搖搖頭，說：「有句話不知你懂不？雖然你年紀大我很多。」

「你說。」

「每次我打球時，心裡都會湧出一種不如去死的噁心。」

「我懂。我比你更懂。」

他當然比我懂，有什麼比一個人經年守著一個檯球攤，看著球子成千上萬次聚散離合更痛苦的事呢。就像杜斯妥也夫斯基在《地下室手記》裡說的：把一桶水從一只桶裡倒進另一只桶裡，然後再從另一只桶裡倒回原先的一只桶裡，幾天之後，囚犯寧可死掉，也不願忍受這種侮辱。

午飯吃的是新奧爾良烤翅，這是我的聖餐。每次想吃時，我都會控制住欲望，直到抵擋不住，好似漫天飛著的都是焦黃色、滑膩、多汁的它們，才走進肯德基。吃前，我反覆洗手，拿紙巾擦乾，然後才像優雅的獅子，長時間撕扯、分解它們，一直到將骨髓吮吸乾淨。

今天我吃到它什麼味道也沒有了，才走掉。

我買到一把簡易剃鬚刀，戴著帽子回到家屬院。哨兵仍然像楊樹筆挺站著，沒有攔阻，這說明他知道帽子下邊的人是我。何老頭正好拉著狗往外走，我感到順心極了，遠遠讓到一邊。那隻老狗不時吐著舌頭，低頭尋覓地上可吃的東西，而老頭眼神癡呆，打著飽嗝，將一根手指伸進牙齒搗弄。我覺得他早死了，什麼都死了，只剩軀殼定時聽候時鐘指令，出去，回來，回來，出去。

我走進家，鎖好門，拉開燈，像一個砌匠站在建好的屋前，想想還有什麼漏掉沒做的。我想到一個笑話，說有一位虎背熊腰的男子攔停過路車，卻只是命令司機手淫，司機迫於淫威，照辦。男子又命令再來，如是三番五次，男子才召喚出妹妹，「好了，你可以跟著他去城裡了。」

我閉上眼，想像孔潔在桔黃的燈光下解開長髮，褪去絲裙，瑟瑟發抖地蜷縮到床上，在不得不攤開身軀時，嘴唇咬緊，皮膚緊繃，全身一起一伏。而我則像黎明之前要攻克城堡的戰士，持槍在雨夜疾行。我渴望到達時身體像煙花一樣猛然炸開，又刻意隱忍、延遲，直到這個時刻猝然來臨，我以為還有幾下，卻是再也沒有了。我扯過衛生紙，擦黏糊糊的手，情緒極度灰暗，彷彿看到灰暗的分子從地上大片升起，從天空大片降落，彷彿全世界都已淪陷。

然後我只想時間來快點。我等不及了。我換上另一套T恤、球褲，拿起彈簧刀，走過來，走過去。嗒，嗒。

實施

她頓在那裡，
準備懊惱地接受現實。
但這不是強姦。

兩點是約好的時間。一絲風沒有，巨大的光明映射在小石路和棗樹葉片上，哨兵孤零零站著，車輛不斷經過。我給她發短信，沒有回音。等待總是這樣，無盡荒謬，特別是等待一個女人。她們在出門前極其漫長地化妝、穿衣，試圖找到最合適的自己。她們對遲到很有道理。

兩點半，我判定她不會再來，走回房，在牆上寫：謀事在人，成事在天。然後靠在牆上，承受巨輪沉沒一般的遺憾。我想只能隨便找個人，時間不多了。我戴好帽子，將彈簧刀藏於褲兜，走出門來，卻見孔潔正在和哨兵說話。她看到我，走過來。她今天梳著馬尾辮，穿著純白T恤、淡藍色裙子，脖子上掛著水晶鍊子，手腕戴寶石色小方錶，套著三圈紅色小佛珠，鞋首碼了一朵花瓣清晰的蓮花。她的生活被安排得如此精巧。她眼若黑珠，面若紅粉，嘴唇近乎透明，胸前起起伏伏透不上氣來，像是從畫中走出來。

我有些慌亂。

她說：「沒晚吧？」

我說：「早來晚來還不都一樣。」

她說：「我感冒了。」

我恍然大悟，禁不住為自己胡亂斷人羞慚。我覺得就是這麼好的一個姑娘啊，我要對她動手。但這時好像不是我要對她做什麼，而是她主宰著我，讓我去對她幹點什麼。她像聖母走在前頭，將我帶上臺階。

她問：「你怎麼還戴帽子？」

我說：「是內容的一部分。」

她表示不解，我又重複了一次，「就是內容的一部分。」

我有些語無倫次。走著走著，我渴望臺階能無止盡地延伸下去，可它們卻一級級地少。我對自己說：「沒事的，沒事。」

她說：「什麼叫沒事，這麼大的事。」

我看見細密的汗珠從她的脖子上滲出，晶瑩剔透。她真像一件光新的瓷器，身體滲出雨後綠樹才有的清香。我再也走不動了。她轉過身，等著我。這閒暇片刻，她用手攏住眼睛，看了一眼天空。那裡沒有一絲雲，藍色蒼穹深邃而無盡止，太陽像是無數電焊光聚攏一處。沒有任何聲音。她露出潔白的牙齒，像腦癱病人傻傻笑著。然後繼續走。我飽受折磨，幾次想喊住她，叫她滾，滾得越遠越好。我甚至怨恨起她的母親來，怎麼可以讓自己的女兒就這麼隨隨便便地去相信一個人？

她終於走到門口，問：「你嬸子是不是好難說話？」我說：「水離開盆了，就這樣。」她拉開門，裡邊漆黑一團，「怎麼不開窗簾？」我走去拉亮燈，關上防盜門和木門。她忐忑地說：「在裡邊？」

我嗯了一聲，走到臥室，撈起布簾探視。不知為什麼到這時候，我還要裝得確有其事。我說：「她睡著了。」她便細心察看屋內，看到旅行包，似乎明白，又看見洗衣機，「這個也要帶回老家？」

我木訥地點頭。

我們還奇奇怪怪地談了一些，事情看起來永不會發生。直到牆鐘的卷簧突然彈動。它就像一把彈中我的心臟，使我痛苦異常，緊接著鐘噹噹噹連響三聲。我笨手笨腳走到她身後，抱住她腰，捂緊她的嘴巴、鼻子。不停噴出的氣息，打擊著我的手掌。我的手像是死死摳進她的面頰骨。她試圖用手扳，扳不動，便掐，掐到什麼就像拿剪刀剪，然後又騰跳起來，就像一匹不肯馴服的幼獸。我沒想到她會有如此力量，不禁大汗淋漓。我倉促耳語道：「求求你溫順點，求求你。」

她猛然頓住，軟下來。作為感恩的一部分，我稍許鬆開手，讓她重新呼吸。後來我想這是合情合理的，一個男的想和一個女的發生性關係，多次動武不能奏效，說出這句話，她頓在那裡，準備懊惱地接受現實。但這不是強姦。我扯下牆上的透明膠，用牙叼住，扯出半尺長。她一直愣著，等到透明膠快要封死嘴巴，才又撕又扯。她像吐果皮一樣將它們吐出，然後雙手撲在空中，發出一聲尖叫。聲音像突兀的炮彈飛出去，劃出一道完美的弧線，準確落到遠處的街道，落在別人心臟上。我想幾分鐘後，軍人和老百姓便會操起武器，黑壓壓趕來。她還要喊，我捂住她，掏出彈簧刀，彈出刀刃，對著她的腰腹猛刺一刀。

這是我第一次殺生，手和心靈都空蕩蕩。就好像不是刀子在刺，而是泥潭似的肉將刀子吞吸進去，我的思維跟著瞬間被吞吸到一個光溜的地方。我想擺脫這可怕的感覺，又不聽使喚，連刺三刀，直到手被熱氣騰騰的血淹沒。熱臊的腥味像潮水一次次湧上房間。我拖著抽搐的她來到窗前，用刀挑開窗簾一角，看見哨兵正站在院內側耳聆聽，好像不能確信聲音是從院內發出的，就連是不是人類的叫喊也不能確定，但他分明是聽過的。沒人來印證，他極為遺憾地走回崗哨，自己給自己立上一正，站直了。

我大口喘氣。孔潔正往下掉，我鬆開手，她便整個滑落在地。她嘴巴張開，眼睛突出，眉骨、眼眶、鼻梁、面頰骨這些原本隱藏的部位全部顯現出來，而潔白的T恤已染出一團極端的紅，就像紅上澆了一層紅，它鮮豔怒放如牡丹，我從沒見過如此大的牡丹，覺得恐怖。

她被永遠毀了。就像一大塊玻璃被從頂樓扔下來，被永遠毀了，無法挽回。

我顫抖著扶住牆，眼淚婆娑地嘔吐起來。我竟將她，竟將一個人敗壞成這樣。但為著已鑄成的瘋狂，以及隨後站在這裡的法醫也能感到驚悚（他們總是對屍體熟視無睹），我蹲下，持刀在她臉上劃割，隨後朝肉身猛刺，就像在刺一個無用的水袋。刀刃斷掉，血污濺滿我的臉。我將她抱起，頭朝下，腿朝上，倒放於洗衣機。我跌跌撞撞朝衛生間走時，還看到她在朝洗衣機裡鑽。

我脫掉衣服，打開蓮蓬頭，沖洗自己，大片的血滑落下來，匯成紅色的水流。我一直低吼著沖洗，以為洗乾淨時，又見鏡中的後肩還有大片血污，不禁打出一個冷顫。我決定將肉身分為七個區域，從上到下逐片重洗。洗到一半我像遊魂走出來，在血泊中巡視，沒找到，又到洗衣機翻，終於找到她的手機。它還有信號。我拆掉電池，將它扔掉。

我重洗了一遍，穿上過去常穿的那件T恤以及球褲，拖上備用拖板（註三），戴上帽子，背好旅行包。如此打點停當，我朝房間看了最後一眼，發現尼龍索和餅乾袋還在屋角，遂將尼龍索塞進旅行包，餅乾袋提在手上。我拉開窗簾，確信無人，打開門走掉。

我一邊走一邊將摻著鼠藥的餅乾渣倒在路邊，後來手實在抖，便扔了。哨兵背對著我，筆直站著，我將拖板拖得很輕，想悄無聲息走過去。但隨著距離越來越近，我明白這自信其實一擊即潰，我的背部說不定就有塊血跡像花朵愚蠢地開著。在穿上它前是不是檢查過，已不記得了，我想走回去。這時他的右腿像是抽筋，輕抖一下，接著一隻鞋離開地面。我眼睜睜看著他轉過身來。我僵在原地，雙腿狠狠搖動，發出要命的聲響（我怎麼就不穿一條長褲出來呢）。我哆嗦著嘴唇，不知作何解釋，就等他走下來逮住我。但他認出帽子下的我後，露出親密的笑容。他嘴唇啟動，像是有很多話說，我綿軟無力地搖頭，他便只說了一句，「你不舒服？」我點點頭，走過去。我想他很孤獨，找不到分享祕密的人。

我的身軀完整通過崗哨時，所有器官都解放開來，鼓噪著要抬起我，

註三：即人字拖或夾腳拖。

拚命跑。沒有什麼比壓制這種衝動更痛苦的事。我僵硬地抬起腿，放下腿，一步一步，朝前走。走到一定距離，才試著快一點，但又不敢讓他看出來。我想他正將手指叼在嘴裡，看著我的背部，苦苦思索。他是換崗上來的，不知院裡來過一位女生，否則很快就可以在我和一聲尖叫之間建立起聯繫來。他一聯繫起來，就會像火箭飛來，一腳將我踹倒，然後用反關節技術將我死死鎖住。

一輛計程車停下。我將旅行包扔進去，擠進後車廂，砰地關好車門，猛然癱倒。數秒後，師傅轉過腦袋來問：「去哪裡？」我才急忙說：「快，火車站。」計程車穿過一條街又一條街，駛上主幹道，像摩托艇在寬闊的水面飛行，我回頭看了幾次，確信無人跟蹤，方拆下手機電池，將帽子扔到窗外，並翻出剃鬚刀，慢慢刮起鬍子來。這時，我看到窗外從來沒有這麼好看的陽光，也從來沒有這麼和善的人，他們像兒童，天真地奔向鮮豔的花叢，載歌載舞。

逃亡 I

我不是離開這裡，而是斬斷。
永別了。

趕到車站時，只有一分鐘列車便停止檢票，而前邊排著漫長的等待安檢的隊伍。有幾次我想插到前邊，但並沒這麼做。趕也沒用。候車室的人應該像漏斗裡的沙子漏得乾淨，工作人員在過道走上最後一圈，鎖上鐵門。我對此早有心理準備，時間早耽誤了。

我拖著旅行包走向候車室，僅僅只為佐證這一事實。但在那裡，乘客死坐著，列車的鐵牌還掛在檢票口上方。也是到這時，我才意識到廣播裡屢次播放的是這趟車晚點的消息。我想天助我也，天助我也，就是這個意思。

我將T恤、短褲、拖鞋扔在廁所，換上襯衣、皮帶、西褲、皮鞋，梳好頭髮、用啫喱水定型，噴上香水，戴上眼鏡，夾著公事包，才又拖著旅行包回到候車室。我的腰和肩膀不由自主往下鬆塌，我命令它們挺直。渾身不自然。但當有位中年男子親密地看我時，我便不那麼覺得了，在他眼裡我是有穩定工作的斯文人。我們七七八八聊起來，他問我幹什麼的，我說是ＩＴ公司的。我一點沒有說謊的感覺。我覺得他要是有女兒，一定會許給我。

不一會兒，乘客們鼓噪起來，我加入進去，拍打欄杆，像他們一樣極其憤怒。很久以後，過道才走來兩人，將檢票口打開，我朝前瞎擠，回頭看上一眼，又覺得沒必要。那裡什麼人也沒有，沒有警察，沒有保安，也沒有車站工作人員。我等乘客走完全了，才像趕著一群鴨子，慢騰騰走進過道、臺階和月臺。一輛綠色的火車靜臥著，散發出遠方才有的自由氣息。我像是不得不走進去，走進倒數第二節車廂。

人們踩著座位將東西塞向行李架，或者端著滾燙的速食麵，跌跌撞撞行走。我等他們忙完，走過過道，後三排全部空著。車廂中部坐著一位可憐的農民，腦門出汗，雙手顫抖，衣服濕透了（就像剛剛漿洗過），正歪躺著呻吟。有位女乘客拿出藿香正氣水，他艱難地搖頭。也許他會死。我坐到最後一排。

我以為火車這就開走，它卻長時間停著。乘務員走進乘務室，將自己鎖在裡邊。我想過去質問：「我一切都按規矩來，但是你們呢？你知道你們會耽誤多大的事嗎？」

有陣子，火車像是無聲無息地走，我甚至能感到風吹。但等旁邊火車不見時，我才知那是視覺誤差。我心如刀絞，時刻要發作。說起這種禁錮，就像幾十里外的情人要走了，而我還待在雨夜，徒勞地推著泥潭中的馬車。很長時間內，窗外的月臺都是空蕩蕩的，靜默一片，我恍若看見自己被警察帶離此地，我決定屆時大喊：「謝謝你們，謝謝鐵道部，還有火車。」我喊得出口。

孔潔的母親應該報警了。學校五點放學，現在是六點。警方根據衛星定位很快能找到我家。一想到這裡我便後悔莫及。我完全可以將孔潔手機帶出門，隨便丟到哪裡，但我讓它的信號消失在我的房間。我開始蠻橫地說服自己。我要讓自己相信，孔母也在說服自己，女兒快畢業了，總會有點事，比如手機沒電，和同學聚餐去了，「也不知道打個電話回來。看我不罵死你。」她一定這樣安撫自己。

後來我數數字，數到兩百它會開，數到六百也會，但它不開。及至我下定決心去找乘務員讓她放我下車時，它又發出長長的嘶鳴。我僵立半路，似變換一人，歡快起來。天快黑完了，大片暗藍色下墜，樹枝在後退，房屋在後退，一輪月亮慢慢跟著。萬物終於他媽地在運動。我又哀傷起來。我不是離開這裡，而是斬斷。永別了。

我就這樣開始逃亡生涯。

我在哐噹哐噹聲中睡去。在夢裡，我恐懼地走向檢查線，老警察拍打完我全身，幾乎是不耐煩地叫我走，我想振臂呼吼，又感覺另一名警察抬起頭來。這是一雙帶有可怕責任心的年輕人的目光，它像探照燈遍遍掃來，不時停留於我的背部——還有十來步就平安了——我在他的狐疑中強撐著前行。但只走了幾步，我便聽到他索命般地喊：「瞧，他身上有血。」瞬時警笛四鳴，我奪路狂奔，腿像裝有彈簧，大踏步飛過屋頂。飛了很久落地，我以為將他們甩遠了，回頭又見他們百折不撓地跟過來。我急忙竄入路邊的老樓。

我是在噔噔噔的追擊聲中醒來的。完了。火車在朝前開，我還是想我完了。直到周圍那些素昧平生的面孔一個個浮出來，浮清楚，我才回到現實。我去上廁所，那裡被鎖死，我便走到過道吸煙。火車像是魚，在黑蒙蒙的海底穿梭，我感到一點點的詩情畫意。

走回座位時，我卻看見車廂那邊真站有兩名警察。他們拿著刷卡器那樣的東西，像掃蕩，極為有效率地檢查每個乘客的身分證，而這些清白人，幾乎是欣喜地從包裡翻出它，呈上去。我無法判定這是一次有目的的檢查還是只是例行檢查，我甚至連往下考慮的時間也沒有，我折回到廁所，能感覺他們兩人都抬起頭看我。我彎著身子，捂住肚子，拍門，聽到裡邊說：「急什麼急。」我裝作到下節車廂尋找廁所，走到一半，悲涼地想起這是最後一節。我坐上一個空位，呆若木雞，也許可以躲到座位底下。但那是個蠢辦法。

過了一會兒，那邊過來一人，是那個農民。他的肩膀不時碰向座位和車壁，應該是要找個地方嘔吐。他沒能拉開廁所，繼續朝前走，我低聲厲喝：「回去。」他朝我分辨著，嘴角抽搐。我像守衛領土那樣重複著命令：「回去，回去回去。」他便想到什麼，軟塌塌地往回走。

不一會兒廁所傳來鎖把轉動的聲音，我快步走去，和那一邊朝外走一邊繫腰帶的婦女擠來擠去，擠了好一會兒才擠進去。我用肩膀頂住門，鎖上三次方鎖好。我想待半小時，等他們檢查完，走了，再出來。外邊傳來手忙腳亂的聲響和人們的低呼，我想準是警察明白了。我意識到自己是將自己幽閉了。下半截車窗封死，上半截則開著，能看見擦過的黑魆魆的天空，我拉它的把手卻拉不動。

急促的敲門聲來了。我不敢吭聲，他便踢門，並發出不容辯駁的命令：「滾出來。」我覺得力量這東西在體內將我撐得很難受，它們需要我跑，我卻寸步難行。我快為此瘋了。外邊咒罵聲越來越厲害，當他終於罵到我媽媽的肥屄時，我勉強找到支撐點。我想，不就是這麼回事嗎？我殺了人，但你也不至於侮辱我的老娘。你怎麼侮辱我都可以，但你憑什麼侮辱我的老娘？我因此凶狠地轉開鎖，拉開門。來者捉住我的衣領，我試圖推開，但他力量巨大，幾乎像拎小雞一樣將我拎出去。然後他急急闖進去，門也沒關好，便褪下褲子，拉起肚子來。

過道只有安靜的空調風，我從未聞過這麼多的空氣。

沒人來過問我。我爬起身，甚至感到失落，就像事情最終只被完成一半。乘客們在議論：那個農民走過去時，忽而生卜力氣朝前撞，將年輕警察撞翻在一邊，但老警察只一拍，他便被拍倒在地。老警察用手肘壓住他的喉嚨說：「我早就看出你這老東西有問題。」

我聽明白了，面如枯木，心下卻瘋狂、不可遏止地笑，直到尿意襲來。我在廁所那麼長時間不撒，現在卻要撒到褲襠上。我吸緊陰根，去敲廁所門，敲不開，便走到盥洗室，瞅瞅沒人，掏出傢伙。好像撒了幾分鐘，十幾分鐘，好像還會往下撒。我羞愧死了。

逃亡II

不一會兒，
樓梯間果然傳來男性的腳步聲。
他一步一步，
不是那麼急，
但也絕非無所事事。

火車在第一站停靠時，我跟隨很多乘客下來，躲進陰影中的花壇，蹲在那裡。很久過後，一輛動車馳過，這列火車才開走。小攤小販推車而去，遠處鐵門關死，我下到鐵軌，像穿行於墨汁朝前走。腳下不時踩到屎，這使我感到屈辱，好在只走上十分鐘，便有燈火顯現。

我是急切走去的。就像這地方是我熟悉的，但一靠近，便看見那些路燈、房屋、招牌甚至陰影都長著鋒利的刀子，殘忍地割我。幾個青年停止打檯球，一動不動看著，不清楚我是從黑暗的哪處鑽出來的。而旁邊坐著的老頭，則搖著蒲扇，張開沒有牙齒的嘴笑（我想即使他們將我殺了，他也會這麼贊許地看著）。很快，一群摩的衝來將我圍住。他們說著急切的方言，眼神毫不掩飾地露出凶殘。我甚至覺得他們都不想等待我的答案。我被一隻坐騎帶走，聽任牠東南西北繞上一圈，收走五十元。

我提著包走進這家叫利民的旅社。它是民居改建的，廳堂擺著香爐。一樓窗戶安著鐵欄杆，地上很潮，能聞到被窩的餿味兒，我要了二樓的房。他們登記我的假身分證，見我是北京的，有些恭維，但後來當我提出換電視機時，他們便關上門。黑白電視機螢幕上只有一條白線。窗簾是破的。單人床上鋪著發黃的床單，枕頭黑不溜秋，沒有枕套。衛生間有人字拖，其中一只卡帶脫落。

我插好插銷，走到窗口，看見孤零零的後院和太空。我一人在此，不知道為什麼在此。

起先幾天我不出門，只是下樓吃飯。廚房建在後院，有矮牆圍著。有次吃過晚飯，我用石頭敲掉幾塊紮在牆上的碎玻璃，將原木隨意支著的木梯架在我的窗口下。我覺得自己心思縝密，但這時毋寧說是無事可幹。

我總是睡覺，睡過分了，就手淫。牆上的派出所通告，已能背誦，合計八十五字，包含三個感嘆號。有一次聞到濃烈的死鼠味道，我去尋找，發現衛生間裡有一盆洗衣粉泡著的臭襪子。我像高貴動物厭惡自己的糞便，厭惡這自我製造的孤獨。我開始極其耐心地編織僅剩的生活。我給地板沖水，用拖把拖，再跪在地上用抹布擦，然後拿出鞋油，細細擦鞋，隨後又拉緊抹布，在鞋面扯來扯去，直到它光亮得可以照見影子。

我感到勞動的愉悅，很快卻又洩氣了。我聽到體內無法抗拒的命令：出去。好像外頭有節日永不謝幕，煙花在砰砰作響，好像還有愛情留給冒險家。但當我走進它，所見無非是一塊水泥磚重複另一塊，一根電線桿重複另一根，一張似曾相識又極其陌生的臉重複另一張，我穿越一條又一條街，不曾逢迎一次車禍、一場打鬥，甚至連輕微的吵架也沒有。我不便用假身分證也不敢用真身分證進網吧，當老遠看見「電影院」三字興沖沖趕去時，只見著一片廢墟，人們在那裡賣著十元三樣的雜碎。郵亭沒有新聞報紙，我買上曬得發黃的《體壇週報》和《舊聞週刊》，回來一字一字地讀，讀了七小時。

第二次出去時，希望死得更快，還沒走遠，我便聽到同樣無法抗拒的命令：回去。也是在此時，我比誰都懂何老頭遭受的折磨。他在冬天想念夏天，在夏天想念冬天，出去想回來，回來想出去。但是無論在哪裡，世界都是堅壁清野。也因此，這個鰥夫在頻繁進出家屬院後，給自己訂下嚴苛紀律，使這荒涼的出行與回歸也變得有秩序起來。

我和他，我們都像是自己不得不承受的垃圾，我們沒有一天不渴望天空的飛機停下來，好甩出繩梯，將我們撈走，帶我們去一個充實的地方。甚或那地方一點自由沒有也可以。但是什麼奇蹟也沒發生，我們不得不繼續忍受著時間。

第二次出門我買了望遠鏡。我坐在樓頂觀察縣城，所見無非是一人在廚房洗碗，另一人坐在床邊一針一線地納鞋底，然後所有窗簾拉上，燈滅了。我走回死悶的房間，終於急不可耐地翻出手機。這是最後一個還能帶來奇趣的物件，自逃亡之始，它便像婊子一般誘惑我。

我忍住，沒有打開它。

次日下午我去往人民公園。那裡的山丘近似高爾夫球場，間隔有幾座樹林，林中伸出烈士墓尖角。丘前有人工湖，湖心建有一亭，一座白玉橋將它連到岸上。岸上是萬人廣場，無數噴泉頭立著（像豎琴）。廣場上曬著草藥，遠處停著一輛時風農用車，它缺少後輪胎，用一根木樁頂著。此刻除了我，公園裡空無一人。

我走上烈士墓臺階，給手機裝上電池，打開它。信號不好，走到最高處時，它才艱難地彈出一條未讀短信。我是懷了很大期望的，但它是：我是幸福大街二手房置業顧問張賓，出售房屋請與我聯繫，這是我的號碼，請保存一下！謝謝！

沒有鳥叫，沒有風。光線透過樹枝鋪瀉到石子路面，一動不動。我想起一篇小說，一位作家在被世界冷落後，孤獨地走向墳墓，在要蓋好棺材板時，豎耳傾聽，萬一有人喚他呢？但是沒有。我現在的感覺就是這樣，我想坐在這裡等警察。在槍斃前，我沒什麼好向人類說的，也沒什麼好交代的。最後我是哭著跑掉的。我拆掉電池，快步翻下烈士墓，追上一輛三輪車。

在遠處的山頂，我用望遠鏡遙望公園。湖水、廣場和樹枝泛著空蕩蕩的光芒，廣場上多出一位拾垃圾的。接下來幾次仍是這樣。我在暗淡下來的光陰裡打盹，醒來時照例舉望遠鏡，卻見那裡車來車往，站滿了人。我甚至看清了他們的憤怒。他們目光如炬，仇恨地掃來掃去，手上不時揮舞著木棍或狼牙棒，好像隨時要對竄出來的我來一下。一條警犬不停地吐著舌頭，像桀驁的馬猛拉韁繩，走在前面。他們哄著牠，跟著牠嗅來嗅去，一通瞎跑。

他們將公園踩壞了。

我站起身，朝山下跑。堅硬的路面將我的腳蹬上來，牙齒上下磕碰，腦殼都要被蹬破了。我在山下等到一輛三輪車，急急說，去利民旅社。在車上錢就付好了。但當它快開到時，我又叫它繼續開。旅社門口停著一輛白色儀征車，那裡一直不曾停過車。司機說：「你到底要到哪裡？」我爭辯不過，在一處公廁下來，躲進拐牆，窺伺旅社。好一陣子，旅社才走出臃腫的兩人，他們面紅耳赤，剔著牙齒，緩步走向汽車。在那裡他們搖上車窗，開了一會兒空調，才走了。我瞅著兩邊無人，走出，沿一條直線急速閃進旅社。

廳堂無人，電風扇吹著帳單，應是走掉沒多久。我踏上樓梯，彎到過道，走至門口，打開掛鎖，推開門，又關上門，插上插銷。沒發出任何聲響。我將手機、望遠鏡丟進旅行包，背起它走到門前。此時外邊異常寂靜，陰得讓人恐懼，我站著沒敢動。不一會兒，樓梯間果然傳來男性的腳步聲。他一步一步，不是那麼急，但也絕非無所事事。他朝二樓走來，也許會上三樓。但他只在二樓口稍微停頓，便輕聲走向這邊。也許是隔壁住客。腳步消隱了。也許是隔壁住客，我等著他開鎖，但是沒有任何動靜。

我向後退卻，看見門底縫隙有兩團陰影。在我面前站著一個穿著巨大皮鞋的男人，我們隔著門對面站著。我覺得連呼吸也停止了。隨後陰影像空氣毫無預兆地消失。是他躲到一旁去了。這是一個極富耐心的警察。

不久樓下又噔噔噔竄上一人，老遠喊道：「這麼久你幹嘛呢？」

「我不是叫你在樓下守著嗎？」先來的人低聲罵道。

「守什麼守？」後來者大步走來，伸拳敲門，咚咚咚，咚咚咚，像是一拳拳擂進我的心窩。「沒人。」他惱恨地說。但是先來的提醒他：「怎麼沒有？你沒看掛鎖是開的？」

「你他媽給我滾出來。」那脾氣暴躁的人狂踹起門來，好像要將它筆直地踹翻在地。釘住插銷的螺絲很快鬆動了一顆。我焦灼地走動起來——哪裡都讓人窒息，我快炸裂了——直到自己一把推開窗戶。我喘著粗氣，看見後院空無一人，陽光照清楚地面的每一顆顆粒。

我背著旅行包，爬上窗戶，返身摳住窗沿，搆上木梯。我想快點下去，腿腳卻因總是被迫向上用力，極不協調。也許他們正站在下邊等著。但是沒有，甚至能聽到廳堂也沒有。我將旅行包扔出去，急忙地翻越圍牆，翻到一半回頭，看見一雙牛那麼大的眼睛驚愕地看著我。他是廚師，雙手垂著，嘴巴一開一合。這個口吃一定是在組織語言。樓上傳來門裂開的聲音。我說噓，噓，從兜裡摸東西，他更緊張了，我便跳下，將兜裡的兩百元蠻不講理地塞進他手裡。他像是看見可怕的事，孤零零地搖頭，我捉住他汗津津的手，讓他將錢捏緊，然後推著他，直到他自己能走了。他幾乎是無聲地哭著，走進廚房。

我只用三步便翻過矮牆。在那裡我撿起包，背著它，一路跑進蒿叢。

逃亡Ⅲ

這是二十多天來我第一次看到自己。

「逃走時穿人字拖和褲衩」的我，

被定價五萬。

車燈像金箍棒在天空掃來掃去，狼狗發出叫聲，城郊所有的狗跟著叫起來。此後天下寂靜，只剩青蛙啼鳴。我在鴨塘的石棉瓦後邊蜷縮半夜，瞅著無人才走掉。

遠處有縣城的燈火，我沿著山腳走，有時無路，就走到公路上，然後再回到山腳。我像是迷路了，走了很久，走到水邊。淙淙水流讓我安靜。我解下汽油桶做的船，吃力地朝下划。後來累了，知道其實是不用划的。我像一團黑影在黑暗中飄移，飄到宇宙深處。

天矇矇亮時，我看到江潮，它們吐著白沫，像泳者展開雙臂朝下游齊齊游去。頭班船的腥氣飄來。我吃上早餐，精神振奮，感覺什麼都補足了。它鳴笛時，我過去買票。它鳴笛真好聽，好像巨人站在江心吸足氣從鼻腔發出一段呻吟。我站在甲板上等，等待浪花撞上船體，濺於我臉，但終於還是抵擋不住瞌睡。我學著《烏龍山剿匪記》裡逃亡的土匪，點著煙，沉沉睡去。這樣我便能在它燒到手指時醒來。

醒來時，手中空空如也。我一定睡死了，在睡夢中將煙扔掉。包還夾在我和船壁之間，那些旅客和我一樣東倒西歪。太陽老高，像煉鋼爐子煉著我們，我全身淌滿油，臭死了。

我隨著船來到一座充滿魚的氣味的城市。我用假身分證登記，住進鐘點房，就像回到家，鞋也不脫，撲床上睡死了。醒來時天色已暗，也許睡了三十六小時，結帳時才知只有四小時。我去大學城尋到口租房，是學生轉租的。我覺得它比旅社安全。

有一天，我買到和過去差不多的T恤、短褲，以及一頂大遮陽帽，搭黑車過長江大橋，來到鄰省。我讓車停在派出所附近，自己走過來，接通手機。辦證窗口內有一名女警一言不發地蓋章子。我低著頭看手機，問：

「你們上班到幾點？」

「五點。」她頭也沒抬。

我關掉手機，走到路邊搭乘計程車，找到那輛黑車，風馳電掣奔回大橋這邊。手機有二十條未讀短信，都是媽媽發的，都是一句話：兒子，你回來自首吧。我知這是警方的攻心術，卻仍感到悲憤。她完全可以拒絕別人徵用她的手機。她怎麼能背叛自己唯一的親人，她算什麼媽啊。我甚至覺得都不是別人強制，而是她自己想到的。她覺得對不住死者和社會，因此請人按好字，發過來。她就是這樣的人。

我買票登上電視塔。直梯上升時，能看見江那邊的小鎮霓虹初上，車燈像流水一頓一頓地移動，但是具體的就看不細緻，即使帶上望遠鏡。我想，他們會一直在那裡找我，找累了，便會抬頭看這邊的塔，就會明白我在對岸。但事情的距離要遠過兩地的距離。他們得上報縣局、市局、省廳，再由省廳彙報公安部，協調這邊省廳、市局和基層警力。或許他們覺得過於麻煩，索性只是等待事發地的警察過來。案件說到底是發生在我們省的。

我想乘船去下一地，又覺得他們不來我為什麼跑，因此又住了些時日。

我在這裡認識了一個小孩。他十二三歲，骨瘦如柴，總是穿著寬大的綠色軍服。我當時在離住處不遠的地方吃餛飩，他帶著全然的焦急（好像馬上就要死了），臉頰上下晃動，像陣風跑過去，隨即又跑回來。我剛站起來看，他就鑽進了身後的牆縫。三四個皮膚粗黑、面相凶惡的青年接著跑過去，他們肩膀上紋著髒兮兮的大龍，手裡提著刀。

我能感覺到捉住我衣襟的手在不停地發抖，但過了一兩分鐘，他便閃出來，堂而皇之地坐在對面。我繼續吃剩下的餛飩，心裡侷促不安。而他像是母親看著懷中的嬰兒，或者鄉下孩子看著城裡的發達表哥，一直親密地看著我。我說：「你怎麼還不走？」

「我說呢，我說你就不是本地人。」他笑著坐過來，摸我漿洗得乾淨的白襯衣，「多好的料子啊。」我感到討厭，結過帳便走，他卻跟著。我說：「回你自己的家。」他笑得聲更大。我強調道：「我要去辦事，別跟了。」他便待在原地。我朝著與住處相反的方向走，又有些想他。萍水相逢，可能是孤兒，或可稱兄道弟，讓他像僕人做些事。但我叫他走了。

第二天我照例來吃餛飩，他出現了。我們都不奇怪。他說：「我早知道你會來這裡。」然後默默地看著我吃，我抬頭望了兩邊的街道，給他也叫上一碗，誰知他還是默默地看著我吃。就像我的吃法和當地人不同，是值得炫耀的事。

吃完，他問去哪裡，我一時語塞，他便帶著我瞎跑。他是一個壞得可愛的小孩，將我帶到小商品街，反覆摸著水槍，眼巴巴地看著我。我要走，他拉住，又不好意思總是拉，便像女孩那樣扭著腰撒嬌，直到我掏錢。我們買了四五樣東西，走進遊戲廳。他打飛機，右手緊張地搖動操縱桿，左手間或猛拍一下，眼睛自始至終不眨一下。我玩幾下就死了。我要走，他不搭理。我強調幾遍，他便啪啪啪把儲積的炸彈都按炸了，才戀戀不捨地離開。

街上有很多人圍著布告欄看。我們也去看。那裡有一張新鮮的通緝令，主角是一個粗頭粗腦、眼神低垂的中年男人，殺了十七人。角落裡一張較小的通緝令則像配角，那上邊的年輕人只殺了一人。不過那年輕人更招人恨，他頭髮蓬鬆，鬍子拉碴，穿著髒兮兮的T恤，正咬緊腮幫，仰著頭，以一種冷漠到近似挑釁的眼神看著所有人。這是二十多天來我第一次看到自己。「逃走時穿人字拖和褲衩」的我，被定價五萬。

小孩像發現了事物間神祕的聯繫，興奮地說：「很像你。」我連續拍他後腦，將他拍走了。我們吃過飯，就分別了，我朝著我的方向走，走上幾十步轉回來，藉著夜色跟蹤他。他好像一直在反芻某事，走著走著，全然不顧地笑起來。終於走到一處土坡時，他跳進地溝，爬進一扇洞開的窗戶。那土坡是半截路，兩邊長滿蒿草，高聳得和那間青磚老屋平行，因此我毫不費力氣地爬到屋頂，將明瓦揭開一點，借著幾釐米的縫隙朝屋內看。

一個衰頹的老頭坐在太師椅上，腳伸進盛滿涼水的桶裡，閉眼將收音機舉到耳邊，慢慢調臺，有時還拉扯天線。一隻貓靜臥在桌子上。小孩走過去時，牠跳到別處，繼續臥著。小孩沒弄出什麼聲音，動作卻極其囂張。他扠著腰，大踏步走來走去，有時還懊惱地拍腦袋。

小孩找到櫥櫃，從中拉出小皮箱，搬到燈光照射的桌面，取出細長的鐵絲套弄。他套弄時和我一樣，腦袋側向一邊，好像在諦聽鎖芯裡的細微響動。地上是巨大的影子。後來他走進廚房，取來一勺油，細細倒入鎖孔，又伸鐵絲進去。未過多久，鎖咔嗒一聲彈開。他沒有朝老頭看，而是對準我這裡，緊張地望。我呆住，要將腦袋縮回，又想到他要是看見便是已看見的，便繼續看。他找出皮筋紮著的一只塑膠袋，竊到一把零錢，蘸著口水欣喜地數，爾後踩上凳子，準備從窗戶走出去。我趴著，等他走向土坡低處，消失於黑夜。

他卻又從窗戶上退回去。那隻貓和他好像是很熟的朋友，他捉住牠，抱在懷裡輕輕撫摸，同時從兜裡掏東西。那應該是食物。貓瞇上眼，像人類那樣打滿一個哈欠。他掏出的卻是一根細繩，他嬉笑著繞到牠的脖子上，忽而發力，捉住繩子兩端反方向拉死。貓瞬間張開嘴巴，所有的叫噢都化為濃重的嘆息，緩緩飄出。為了徹底弄死牠，他咬牙切齒，仰起身子來，這樣貓便站得筆直，牠的後腿不停地小心踩踏，試圖在他大腿上站穩，前爪卻瘋狂抓撲，像是空中竄出不少老鼠。牠的毛髮也根根豎起來。他疲憊不堪地鬆手時，牠像是木貓般栽倒。

他出了太多的汗，但還是將牠小心放在老人膝上。他爬出窗戶，小跑著離開地溝。我想吐。而老人聽到一段好戲時，還會輕撫牠的毛髮，就好像牠是值得分享的知己。

我決定離開這座城市。次日當我從出租屋出來吃早餐時，小孩恰好走來。我驚愕地問：「你怎麼知道這裡的？」

「第一天我就跟蹤到你。」他說著這樣的事實時仍然帶著笑，這讓我既噁心又毛骨悚然。我決定連押金也不要，取過包就走，他捉住我衣袖：

「你一走就沒人和我玩了。你是好人，他們都不幫我。」我揮他，他卻拉得更用力，臉上同時湧出兩種表情，既有真切的哭意，又有討好的笑容。我打他，他便徹底哀傷地鬆手，說：「我知道你遲早會走的。」我被這近似情話的話弄懵，眼睜睜地看著他留下一個背影。

他快走出院門時，我喊出一聲，他轉過身也喊。我示意他先說，他便說：「哥，我看中一件東西了。」

「要多少錢？」

「我有錢，我昨天搞到幾十塊。」

「你自己買就是了，不用管我。」

「我想買來送你。電視裡和你這樣的人都有領帶。我來問你喜歡不喜歡紅色的。」

「不必了。」

「非要送的，你先別走。」

他看著我，向後退，好像怕我走掉，爾後轉身跑了。我進房提包，走到路上，已看不見他。走出幾十米，我躲到樹蔭下，回憶這難得的義氣，掏出望遠鏡尋他。那邊人走來走去，就像活動的屏障移來移去，怎麼也找不著他。我準備收起它時，他又匆匆走進鏡頭，後頭跟著三個高大的警察。他們等著紅綠燈，他踮著腳，用手蹭著骯髒的軍服，仰頭和他們交談。恬不知恥。我僵住。手不停顫抖，汗像餓鼠傾巢而出。我一直看到他極其大聲地分辯，並用手指向我這邊，還陷在那極度的、像泥潭一樣深的震撼裡，就好像神給我下了一個定咒。一名警察用食指點著臉頰，朝這邊看著，忽而大手一揮，剩餘的兩名警察便分兩邊包抄來，他自己則沿著直線大步流星走來。直到這時，直到追捕我的事實明確地發生了，我才知道將望遠鏡塞進包，挎著它，拉緊背帶，沒命地跑。腿蹬到地上時，我感到它蹬得不夠有力，抬起時，又覺得過於沉重。我像是踩著棉花，在深水裡跳著。我將自己跑成目標了。後邊傳來警察的聲音：「你等下，等下。」我聽出裡邊的氣急敗壞和虛弱，反而跑得歡了。我就像參加奧運會百米決賽一樣，讓腿腳像彈簧一樣落下，雙手不停剪切，腦袋一啄一啄，一頭啄進空氣中。街邊的人不斷停下來，呆呆地看著我。我想風會颳他們一臉。警察追上幾十步，都岔了氣，勉強喊：「再跑我就開槍了。」開吧。此時我已物我兩忘，正為著奔跑本身而奔跑。

我跑在時間的最前列。在過去，時間是凝滯的，過去是現在，現在是未來，昨天、今天、明天組成一個混沌的整體，疆界無窮無盡。現在它卻像一枚急速前移的箭頭，一個射出去的點。它光明、剽悍、無所畏懼，像毒辣的陽光，凶猛地刺進每一個到來的未來，將它燒成礦渣一般黑暗的過去。我決定跑得粉碎。我感覺它的味道就像壓縮了一頭整牛的小牛肉乾，包含了一整個天下的懸空停住的汗珠，如此充實，簡練，充滿張力。

一輛黑車將幻景擊碎。它沾染了汽車所有的毛病，破舊不堪，咔咔作響，隨時可能趴臥於地，在道路上劃出粗笨的傷口。但它從無到有，從距離遙遠到幾乎撞飛我，只花了六七秒時間。我被迫鑽入窄小的巷道。這世界永不缺多管閒事的人，又有好幾輛摩托車跟著追進巷子。這些黑車暗地裡對警察咬牙切齒，現在卻迸發出與有榮焉的豪邁，這些卑賤成性的黑車！它們迫使我不停拋擲煤筐、啤酒瓶、破舊椅子甚至可能還坐著小孩的童車。我每跑幾步，都有一扇木門洞開，它們溫柔、焦急地看著我，承諾給我衣櫃、鼠洞、地道，懇請我進去。但自打在火車上做了那個可怕的夢後，我便再也不信它們。

我寧可死在路上。

我在這個強壯的上午，奔行於迷宮一樣的巷道。四下寂靜，陽光靜靜越過屋頂，照射到牆上，我的黑影不停掠過那裡，就像電影一樣不真實。而我又隨時感到，那些摩托（那些現代機械的傑作）就要竄出來，在地上奮起巨蹄，將爪子和牙齒凶狠地撲到我屁股上。

我突然停下。我像是受到上帝地啟示，停下來，緩緩走向拐角隱處。一輛摩托車遙遙領先駛來，上邊坐著一名精幹的警察，他馳騁於這險惡的石道就像飛奔在高速公路上。跟隨他一起到來的是嗚嗚叫的警笛。我等到它旋風般颳過時，衝出來一把推倒他。摩托車像斬首的龍，斜衝向牆壁，前輪連續吃了十幾下牆磚，才停住。車身一百八十度大旋轉。可憐的警察像一袋水泥摔下去，躺在牆角，被它又撞又擠，直到它自己感覺無趣，悄然滑向遠處。他坐在那裡，曾經揮了下灰塵，想站起來，突然眼睛翻白，一把又坐回去。一顆來自太空的水滴落下來，在他面前砸開。他的眼睛閉上。胸口令人揪心地起起伏伏。幾位居民匆匆出門，我對著他們說：「有個人朝那邊跑了。快。」

我快步走了一陣，看見一輛沒鎖的自行車，便騎著它衝到菜市場，趁著人多，又混進隔壁小商品市場。在那裡我看見一輛計程車，拉開門坐進後座，師傅問去哪裡，我說等一下，等一個人。我打開手機，悄悄將它塞進座位沙發的結合處。然後找藉口下來。我一直看著它拐出門，才從後邊牆洞鑽出去，去了火車站貨場。

我沿著鐵軌邊的小道朝著與火車站相反的方向走。他們一定會封死所有交通要道，但不會在鐵軌上攔截。他們不會知道一個逃犯會默默沿著鐵軌走出他們的城市。而在此前，他們看到生死未卜的同事，會思考一個愚蠢的問題：救人，還是捉人？

我覺得自己一下成熟了。

結束

這是生活的主旨。
無聊。重複。秩序。圈套。囚徒。

逃亡像捉迷藏。我去敲門，跑掉，他們衝出，四散尋找，然後惱羞成怒地站在荒野。我跑丟了一只鞋。當某一天看見T市界碑時，我目瞪口呆。它是殺人當日我搭乘火車計畫中的目的地，那裡住著表姐。我一直以為自己是在瞎跑，潛意識卻叫我來到此地。我感到疲憊難以遏制，就像耕作一天的牛在黃昏望見村莊的輪廓。

我搭車來到城郊，登上長滿樹的山。遠處有塊平地，一條彎曲的公路穿透它，不時有車輛像幽靈竄過。路西邊是棟孤零零的屋，表姐出嫁時只有一層，現在加蓋了一層，但沒有貼瓷磚，油黑的紅磚和鮮亮的鋁合金窗形成對比。路邊樹蔭下搭著瓜棚，三四個赤膊的漢子打著撲克。我覺得他們是便衣。第一，他們吹的電扇，電線是從房屋那邊接來的；第二，他們的背部粉紅嬌嫩。

房屋大門緊閉，像是無人，等到正午，炊煙又升起。幾隻蟲子像拉緊發條的玩具般叫起來。我感到一種被阻隔的痛苦。就像吊在房梁，嘴巴被黏死，看著毫不知情的家人圍桌談話，吃飯。

在隨時都可能死掉之前，我必須見到她。

多年前，當我來到這裡參加她的婚禮時，她還是那樣，胸部長著兩個硬澀的梨子，因為乾瘦，腿顯得分外的長。她一直將我們送到無法再送的地方，才轉身回去，她走遠了，回頭停住，淚眼婆娑地看著這邊，手搖得越來越慢，最後停滯在空中，好像從此訣別了。我爸爸死時，她回來過一次，扶著姑媽。姑媽得的癌症比爸爸還重，但是生命力更強，滿頭白髮，面色堅毅，像烈士一樣毫不屈服。而表姐的眼睛哭成了桃子。

我在葬禮上無所適從，像是極不情願地被人推上舞臺。我知道應該哭泣，眼窩卻愈發乾燥。叔叔和媽媽也是這樣，叔叔坐在棺材邊一口接一口抽煙（後來他戒了，好像我爸爸是因為抽煙才得的癌）。媽媽一直步態沉滯地遊移，那些女眷本已乾嚎，見她如此，便也不好意思哭了。葬禮像是不得不完成的任務。直到表姐扶著身形龐大的姑媽，在稀疏的鞭炮聲中，指揮儀仗隊從橋那邊走來，我才翻江倒海，淚流滿面。

我看到這脆弱血脈的另一支從橋那邊走過來。我死了爸。我只有一個爸，死了。表姐擦著無聲的淚水，將我的頭掖在臂彎裡，將我保護起來，從此不讓這天、這地、這人、這黑夜來恐嚇我。她總是憂心忡忡地望我一眼，就好像她才是母親，她這麼一望，想到我從今往後像個孤兒了，淚水便又洶湧出來。

我現在只是想見見她。

我等到瓜棚的人停掉電風扇，坐一輛開來的麵包車走了，才走下山。到山腳時，表姐恰好低頭抱著一捆草出來。她背對我，弓著身子，用鍘刀鍘著它們。屋兩邊長滿雜草，路邊有塊已收割的稻田，蟲子在犁過的泥面上跳來跳去，一陣風吹來，光燦燦的樹葉不停抖動。寂靜得瘆人。表姐幹得很麻利，嚓一聲，一段整齊的草無聲地落進筐內，接著又嚓一聲。她完全沉浸在節奏裡。

我聽見沙地上自己遲疑的腳步聲。

我感覺她是個誘餌。萬物此時像先知，目瞪口呆地看著我，就像我正一步步踏進口袋。我行至半路了，進退不得，背部陣陣發涼。她這時像是預感到什麼，停止鍘草，緩緩轉過身來。「你是？」她只這麼一問，便將自己嚇壞了。她張大嘴巴想喊，卻是像在夢魘中，自欺欺人、用力地喊，卻什麼也沒喊出來。她哆嗦著退到案臺邊，抓起一把草。

我看見她揮舞著這自認為是武器的軟草。我看著她可笑地這樣幹，可是沒有什麼比這更傷害人的了。我的雙手伸展，五指岔開，腿腳仍保持前行的姿態，人卻石化了。我不知道事情會是這樣。但很快我便明白了，什麼都明白了。我可不想陷在這裡，讓自己冒出自作多情的焦味。於是我極不耐煩地擺手，說：「我只不過想找你討口水喝。」

我喝過就走。

她陷入困境，僵住沒有反應。太陽太烈了，照出她臉上的皺紋以及劣質的粉底，絲絲縷縷，顆顆粒粒。她胸部鋪張（像兩個盤子），牛仔褲再也包不住髖部，褲縫隨時要炸開，而下邊短缺不少，露出黃黑的小腿和腳踝。她就像中年婦女餿掉了。我說：「我喝口水就走，絕不麻煩你。」

她望望旁邊，嘴唇哆嗦。我起先以為是害怕，後來看出是唇語。她用抹過鮮豔口紅的嘴唇描出幾個無聲的字：「快跑，快點跑。」我猛地回到自己的處境中，轉身就跑，快要在沙地上滑倒時，匆忙奔向公路。我聽到無數槍栓拉動，狼狗集體噴出低吼（那呼吸帶著濃烈的腥氣）。一輛汽車像是摩托艇般奔馳在湖面，劈波斬浪而來。

濃重的汽油味快要將我嗆死。

我笨拙地、徒勞地抬腿，很快虛脫，一把撲倒在路邊的斜坡，金星狂崩。但它呼嘯著衝過去了。它衝起來速度那麼快，以致很快在我的視野裡變成一個移動的小盒子。就像它才是逃命似的。

公路上什麼都沒有。沒有人。沒有動物。遠處也沒有警笛。太陽照在柏油路上，像照著一堆凝滯的、緩緩起伏的波浪。我朝那邊望，屋門已經關好，窗戶拉上簾子，沒鍘好的草在風的吹動下，雜亂起舞。她胖了啊，有魚尾紋和孩子，小富即安，一心一意巴結丈夫，像是虧欠他一樣天天哄他，給他做吃的，賺錢。而我是猛然侵入這平靜生活的惡魔。

我走回山上，繼續觀察，很久以後，一個肚子滾圓、嘴唇肥腫的男子才蹣跚走來，緩緩叫她的名字。她拉開門，緊張地張望，忽然一把抱住他。他拍她背部，她便哭起來，鼻子下都冒出氣泡。他又鬆開她，拉起弓步，啪，兩手一拍，讓左手平伸，右手高舉，向下剁，做出斬首的動作，她笑起來。她不知道笑會從哭中突然生出，因此頓住。等到他撿起石頭，大聲喊叫著向路那邊虛擬的敵人扔時，她便徹底大笑起來。我扔掉望遠鏡，讓它滾下山去。

我與這個世界徹底斷裂開了。就像手術後發現少了一雙腳，或者陽具。我感到恐懼、不敢相信又淪陷於這空蕩蕩，覺得所有事都無以為繼。我聽任腸腹支配，去尋找食物。我走進小超市，看見店主（兼收銀員）端著一瓷缸冷開水，慢慢吃麵包，旁邊還放著五六個。她已經吃過一些，還要往下吃。這讓我多少想到媽媽，媽媽總是將過期食品帶回家，一個人慢慢吃完。

我說：「你能不能不吃？」她停住咀嚼。我掏出二十元，「扔了吧。」她接過錢，百思不得其解。我走出去後回頭望，她又喝上一口水，將手頭剩下的麵包塞進嘴裡。

我走進燴麵館。門口的姑娘鞠躬，說「歡迎光臨」。我看著她嘴唇緊閉，感覺奇異。等下一個顧客進來，我發現情形還是這樣，她的嘴唇並不張開，而聲音已嗡嗡地傳出來。這是一種超自然，就像派發傳單的人最終可以像削蘿蔔那樣將傳單削向每個路人。這是生活的主旨。

無聊。

重複。

秩序。

圈套。

囚徒。

我花二十元在洗浴中心洗澡，然後又花十元過夜。我靠在大堂沙發床上，很久以來第一次從容地看電視。那是個女播音員，穿著藍色上衣，微燙了頭髮，形象端正，話語卻像是子彈。她像是端著一大箱子彈，將它們掃射出來。沒有一個錯字。她一定受過長久的訓練。因為這點，我覺得所有的新聞被播放出來時，都不經過她大腦。她對所有的事，歡喜的，哀傷的，憤怒的，蒼白的，都保持一種嚴肅的態度。

她播完「兩百民居遭森林大火吞噬」，翻過稿紙，接著念「人肉炸彈致三十餘人傷亡」，她將稿紙翻完了，及時擠出笑容，節目便結束了。沒有我，我被遺忘了，或者說被淘汰了。我一直以為新聞是正義的事業，現在卻覺得沒有什麼比它更無恥，它滿含熱淚地拉住受難者的手，聆聽對方傾吐，卻在有新的熱鬧時甩手而去。它不停向消費者提供新鮮熱辣的信息。我過期了，沒價值了。現在就是我自己也覺得這樣下去沒什麼意思了。

大堂慢慢傳出鼾聲，它們此起彼伏，互相傳染，就像有一群河馬湊在耳邊吼來吼去。我幾次一躍而起，想找根細鐵絲，勒進他們肥碩的頸窩。服務員看到動靜，說樓上可以休息，我便跟著上去。

我被安排進單間，一位看起來和媽媽一樣大的女子提包進來。我感到緊張。因為她像在自家衛生間那樣，毫無顧忌地脫T恤，解胸罩，褪裙子和內褲。她將鬆弛黑黃的乳房、肚臍以及陰部露出來。在想像中，性是神祕的，像祭祀，舉行前應有一套程序，但是現在她直接將性器遞送過來（就像遞送一盤瓜子）。我坐在床上連連後退，被扯下褲頭。她捉住勃起的陽具，生硬地套弄（就像是用一張砂紙上下摩擦）。我懇求別動了，她便磨著兩個膝蓋，爬上來，直接坐於陽具上。我試圖推她的腰，她整個身子卻像石滾毫不留情地碾起來，她一邊碾，一邊像是受到很大傷害，放肆地喊叫。我咕噥了好幾句，她仍舊沉浸在勞動一般的號子中，直到我說夠了，她才停止叫喊。

她習慣性地碾著。我說：「完了。」

她當下停住，摸摸下身，說這樣啊，便毫不留情地爬起來，一隻腳跳著穿內褲。我悲哀地伸出手，想讓她等一下。她卻是三兩下穿好衣服，蹬上高跟鞋，走掉。

我下到二樓，鼾聲像大合唱，愈發高潮，便繼續往下走，到了澡堂，服務生殷勤遞上毛巾，對著我笑。我覺得這笑饒有深意。那個小姐一定將我早洩的事傳遍了洗浴中心：剛剛那個小夥子一進去就射了。我感覺受了奇恥大辱。

我躺在搓背床上失眠一夜。水管連接處應是螺絲鬆了，水流經過時有一些溢出來，像壁虎抱著管子慢慢爬行，終於累積到一定重量時，猛然滴落。寂靜的澡堂便出現嗒的一聲。像是遙遠的隕石在黑夜中砸入海洋。我被寂寞殺得傷痕累累。

我搭乘早班車去了西邊的青山。古名叫秦山，相傳秦始皇掃六國，南巡至此，以鞭開道，以劍削峰，定為皇脈。我來卻只為登上森林之巔，看一次日出。我到時，已經有些人在等著，我們黑漆漆地彼此不認識，像是共同等待一位神醫。

天際用了很久才從黑暗變成青蒙，逐漸有了微弱的紅。我知那是它從海裡緩緩游來。當它從雲霧中浮出一角時，大家雀躍，它亦不負眾望，像一枚橙色乒乓球朝上浮游，越浮越大，越浮越熱，終像是張開雙臂，邁開大步朝我們走來。我感到一種被逼視的恐懼。我逃不過它的魔掌。

但過大的熱情使它在半路迸出火苗。先是邊沿像草蓆燒起來，接著火勢擴展全身，將它燒成一面純金的鏡子，使肉眼再難接觸。最後，這無數的金塊和光明開始熔化，掉落，它便扔下我們，極其有力地竄上天空，在那裡烙出一個光明的黑洞，從此定格，就像我們平日看到的一模一樣，只是一個普通的太陽。我身上出油，衣服濕透，皮膚酥癢，因為缺乏睡眠，噁心得想吐。

我背著包走到山背後，那裡尚有一些陰影。我見四周無人，拋掉旅行包，猛然大喊：「我在這裡。」一聲音像平拋向水面的小石塊，在雲層上一跳一跳，一路竄入天空。然後我取出最後三張錢。它們編號的最後一位數字分別是1、2、3。

1. 繼續逃亡；
2. 自首；
3. 自殺。

我決定聽從上帝的旨意。我來回插動，直到再也分辨不出它們。我本想抽最外邊的，翻開的卻是中間一張。HQ24947723。上邊有圓珠筆寫著的歪斜名字：李繼錫。它一定曾被一位賺不到錢的農民擁有過。現在它要我自殺。

我從包裡找出尼龍索（我就知道有這一遭），像木匠不停拍打樹木，挑中一棵有幾百年歷史的，它篤定經歷過無數的冰雹、雷電、積雪，還會往下經歷。我搬來兩塊石頭，壘好，將繩索打結，掛在粗硬的枝上。走上去前，我平視天下。密匝的樹林之外是一條盤旋的公路，往下是小盒子似的房屋，人如螻蟻，熙熙攘攘。

我踩上去，套好頭，用腳掌蹭翻石頭，感覺人倒飛到天空，接著又猛然順回來，瘋狂墜落，就像坐著失控的電梯。這個時間看起來很久，倉促間，又停在半空，脖子像是被圈起來的鋸齒刺入，勾住。身軀的血液一下沖上來，可只三兩下它們又軟弱地逃回相反方向。我感覺身體末梢又癢又疼，接下來全然麻木，只有脖子以上像被汽車輾過，所有器官都在痛苦地往外擠。

天空越退越高，越退越遠，我晃來晃去。遙遠的地方傳來樹枝慢慢斷裂的聲音。我又晃動了一會兒，才像一袋豬肉猛然掉落於地。我一動不動躺著，喘不出氣，因此滾來滾去，試圖掰開鎖住頸部的巨爪。我掰不開，又爬起來，摳著脖子跌跌撞撞地走。我現在死不了，也活不下去，我徹徹底底地瘋掉了。

我忘記是誰趕過來用小刀割開它，我只記得在自由到來時，身體抽搐不止。很久以後，直到血液各自歸位，並重新運轉起來，我才平靜下來。我站起來，讓汗出完，才撥開遊客，夾著一褲襠的屎，極度飢餓地走下去。我在冰冷的湖水中洗自己，決定再也不搞死自己了。

山腰有座小鎮。店鋪的旗幟迎風飄揚，到處冒著包子熱騰騰的氣息，一些當地村民擺出核桃、杏仁等特產，一輛接一輛的旅遊大巴從公路上駛來，遊客跟在導遊後邊，好奇地看著這所謂名勝。我像從淒寒的極地走入花花世界。他們不知道我遭的難，他們不知道我剛剛經歷了多大的悲劇。

我吃完早餐，元氣恢復過來，便找小賣部打電話。那邊聽起來很懊惱：「誰啊？」

「李勇嗎？是我。」

「你是誰？」

「我。」

他反應過來，支支吾吾。我接著說：「別慌，我只為告訴你一句話，每年今天給我祭酒，下輩子還做你哥。」這個窩囊廢便哭了，「一定，一定。」我本想打探些關於我的消息，但覺得這些都可以想像，便掛掉了。

我找到一家陰涼的檯球攤，拿起球桿，一人打起來。老闆是做生意的，走來和我打。我拿出最後的三百元，用石頭壓在桌沿，說：「一百元一局。」老闆細看很久，不肯應承，只說先打一局試試。

我覺得他提出試是有道理的，因為他是個急性子，出桿欠考慮。即使有的球只能輕推，他也會轟出一個狠桿。我卻處處小心翼翼，努力將戰局拉長。這並不符合我的風格，但現在我覺得這未嘗不是一個好辦法。我像陪著領導打牌，讓他贏，又不讓他贏絕。有幾回他嫌我出桿太慢，嘴裡不乾淨，我便跟著他一氣亂轟，終於是將他挽留下來。

我控制著他、戰局還有時間。直到檯球攤又來了一夥人，才暴露出真性，手起桿落，一連四桿，將老闆打得張口結舌。我說：「我只是想讓你陪我消磨一下時間。」對方看起來受到很大侮辱，單手提著桿子，狠狠敲桌沿。我頭也不回地走向旁邊冰櫃，丟出一百元，要了一瓶可樂一包煙，

「別找了。」然後我喝一口可樂，抽一口煙，看著那新來的穿襯衣西褲皮鞋、夾公事包的幾個人，炯炯有神地走來走去。他們幾次看見我，卻否定了我。我仰著頭粗魯地說：「找誰呢？」

他們便走來，從包裡取出照片來，指點給我看。我看到我，鬍子拉碴，頭髮蓬鬆，眼神冷漠，我覺得就是我自己也不太認識他了。我說：「你們太嫩了。」他們被羞辱了，轉身要走，我叼著煙頭，伸出雙手，煙霧上行，熏著眼皮，因此我是瞇著眼睛說這句話的，「我殺了孔潔。」他們面面相覷，爾後像豺狼虎豹蜂擁而上，不停壓我的肩膀，踹我腿，試圖將我推倒在地。我憤恨地說：「要跑我早跑了。」

他們將我塞上車後就懂禮了。無論怎麼說，我都是一個殺人犯，不是小混混。我感覺他們甚至將我當成名貴的瓷器，牛怕摔壞了。他們掩飾不住自戀，不停地問我：「你怎麼一下看出我們的？」

「皮帶。」

他們望向自己的皮帶。皮帶頭上刻著警徽。

「我想吃肯德基。」我說完，睡起來。前頭有點堵塞，他們拉響警笛，此後便再也不熄下來。他們喜歡這樣，我何嘗不是？

審訊

我看見牆上有巨大的影子。
接著是瘋狂的扎刺，
就像真的扎她一樣。
影子不停複製這個場面，
我的記憶深處不停抽搐。

他們將我的頭罩住。交談聲遠了，我像一個人被留在車上，車越來越快地奔馳，直到它猛然停下。窗外鞭炮擁擠著炸開，一個領導發表簡短講話，我被推下車，一路走。照相機咔咔地拍個不停。所有物體長著尖角，要撞向我，但前路始終空蕩，我又感覺像是被推向黑夜的孤塘。

布罩揭開後，我看見四周是牆，一扇鐵門和一扇小窗緊閉。他們出示一張紙讓我簽字畫押，隨後將我銬在吊著的鐵環上。這樣我就被迫總是踮著腳站著。我大聲抗議，他們便裝上腳鐐。我決定不再提什麼要求。

因為肉身不斷下沉，我痛苦地分配休息權，有時委屈手讓腿腳得到鬆弛，有時反過來。我曾經喊「我要撒尿」，門外傳來嗡嗡的聲音：「撒吧。」我便撒了，尿液沿著褲子、大腿沖下來，從腳趾縫溢出，像一瓶熱牛奶被打翻了。我正在被觀看，一定有隱祕的攝像頭。我索性放了幾個屁，將痰射到牆上，有時還唇語。我始終不能睡著。我開始羨慕吊在梁上或被打倒在地的人。

光陰淪陷時，他們解開手銬，我癱倒了。他們將我拖進一間漆黑的屋，安放在低矮的椅子上，然後隱身不見。我正要睡去，一盞燈在面前啪地打亮，我嚇了一跳。它就像照相用的背景燈，要將臉烤焦，迫使我瞇縫著眼。牆頭日光燈跟著亮起來，但瓦數很低，弱光如瀑布，落於一頭茂密的銀髮。我看見對方只有一個輪廓，高高在上坐著，吃一樣東西，舌頭咂咂有聲，不時吮吸著手指。烤翅應該趁熱吃，一冷，油凝滯了，色香味盡失。我有些同情他。

熱意像電流不時襲上腦子，汗卻出不來。我真想死掉。有幾次我試圖問什麼時候可以開始，但這樣很操蛋。就像女人不能對罪犯說，你什麼時候可以強姦我啊。

他一共吃了十二隻（晚上回去一定腹瀉），才慢悠悠地說：「姓名。」接下來是出生、籍貫、住址、學歷，簡短的問話像鐘一次次敲響。差不多了，他又問：「出生。」我重新說了一遍。

「你確信？」

「確信。」

後來我清楚他糾纏於此是怕我還不滿十八週歲。他用牙籤剔著牙齒，直到我要栽倒了，才說：「你應該清楚頑抗是沒有用的。」

「我知道。」

「那你知道我們找你為什麼嗎？」

我感到沒有比這更愚蠢的問題。他們興師動眾，籌畫良久，請來經驗豐富的老警察，按照心理學設計審訊環境，安排審訊細節，以為只有這樣我才會頂不住壓力，卻不知只要是問，我便會交代。我憤恨地說：「我殺了孔潔，殘忍地殺了，殺了很多刀，血流成河。」

「記下來。」他說。我才知牆角還有一名警察。我根據筆沙沙遊走的聲音，判斷出他們有著壓制不住的興奮。為了早睡覺，他們從此問什麼我都搶著回答，包括怎麼誘騙，怎麼殺，怎麼處理，怎麼逃亡，等等。就像財主傾其所有施捨佃戶。然後我說：「水。」

「為什麼殺她？」

「水。」

「你回答了，我們就給你水。」

我忽然感覺這是一樁可鄙的交易，變得有尊嚴起來。他們說「請講」，我偏過頭，待水送來，看也不看。他們便揭開瓶蓋，要餵，我將頭高高仰起。老頭說：「即使我們沒有你一句口供，但只要證據充分，照樣可以定你的罪。」

「那就快些定吧。」

老頭尷尬地敲了一會兒筆，揮揮手。旁邊警察拿著筆錄過來，翻給我看。我說不用。我簽字畫押了，他說還是要看看，我就在上邊寫：都已看過，準確無誤。

不久我被帶回軍校家屬院。警察拉了很長的警戒線，還是架不住圍觀的人。我走到哪裡，他們便湧到哪裡，就像我是一隻被捕獲的野獸。我露出笑容，掃了一遍。這個姿態惹怒了一位中年男子，他越過人群，舉起枝條，以前所未有的道德感來抽打我。我猛烈掙扎，試圖朝他迎去。眼前的人像潮水退縮，他則僵住。

樹葉黃了。

在過去，我不知道樹葉的生樹葉的落，現在樹葉黃了。這應該是它最後一次黃掉。鄰居何老頭無聲而矯健地走在前頭，腳下像有塵土飛揚。遇有拐角或樓梯，他便亮出右手，提醒後頭。他在完成治安積極分子的使命後，仍然沒走，而是跟著望著。好像隨時還有什麼事會請教到他，但其實就是這事，也不用勞煩他的。

我走到門前，駐足望了眼天空。蒼穹深處仍然什麼都沒有，空空蕩蕩，極其平靜。我想這就是死亡就要發生的徵兆。

在我住過的房內，兩邊窗簾緊閉，洗衣機被擱置門邊，透明膠則撕開，黏在牆上。他們拉亮電燈，給了我一個塑膠模特和一把塑膠匕首，說開始。我不知道怎麼開始，他們便說開始殺人。由於沒有褲兜，我將匕首插進褲頭，然後從後抱住模特，捂住它的鼻子、嘴巴。我僵立在那裡，他們說繼續。

「它應該掙扎，很用力。」

「你自己晃它。」

我晃它，對它耳語，鬆開手，扯下透明膠，黏了一會兒它的嘴又撕下，然後猛厲地叫喊。他們十分震驚，圍上來捉住我，我說：「這是它在尖叫。」

「這個步驟可以省掉。」

「省不掉的。」

我重新尖叫一聲，像演員表現得極其慌張，捂住它嘴巴，抽出匕首，刺向它的腰腹。很遺憾，它像陽痿一樣滑向一邊。但我還是連刺了幾刀。我拖著它走到窗前，用刀撥開窗簾，又放下模特，在牆邊乾嘔。然後蹲下，劃它的臉，又朝身上扎去。就是這會兒，我感到迷離（就像洗衣婦舉著棒槌發呆）。我看見牆上有巨大的影子。接著是瘋狂的扎刺，就像真的扎她一樣。影子不停複製這個場面，我的記憶深處不停抽搐。

軟綿綿的匕首斷了。

然後我將它抱起，倒放於洗衣機，說：「我覺得應該是一把彈簧刀，我記起來了。」我以為還要去那座充滿魚味的城市指認另一處現場，但他們說不必。那個摔下車的警察命大，已經沒多大事。

第二次訊問換到會議室，紅桌反射著上午的光芒，一位女警給我泡茶，他們拿著本子、架著攝像機坐在對面，好像要開會。我看清老頭的臉像塊重石，皮膚坑坑窪窪，器官窩在裡邊（特別是鼻子只有兩個外放的鼻孔）。也許他曾是一個痲瘋病人。就是這麼醜陋的人長著一雙寒光般的眼睛，幾乎將我的五臟六腑搗爛。我想頭一次訊問他就這樣，我篤定會把一切交代掉。

我低下頭，握住茶杯，看手銬之間的鏈子。

「抬起頭來。」

我抬起頭。

「看著我。」

我被迫看他的眼，覺得自己正在熔化。就像一堆乾柴燒著那樣，我的身體發出劈劈啪啪的聲響，接著杯子晃動，熱水濺出，燙了我一下。我很難形容這種遭遇，說出來你們也許不信。我感覺正走進一個隧道，他一邊向光明的洞口退去，一邊招手，我默然跟著走，就像這是唯一必要的事情。如果他在此時重複上次的問題，我一定和盤托出，但他只是要求我重複作案的細節。我便又將那些事講了。短信，耳語，掙扎，透明膠，彈簧刀，窗簾，洗衣機。他不時點頭，旁邊的警察則隆重地記錄，他的眼神跟著溫柔起來，像是鼓勵我往下說。但我感到厭煩。我討厭把一件事說上幾遍。

他說：「還有呢？」

我說：「沒有了。」

我覺得我完成了任務，便撲在桌上睡覺。一名警察過來捉頭，我惱恨地甩來甩去，老頭擺擺手，「我們講道理。」接著又說：「你說你將她倒放在洗衣機，我想問你，為什麼這樣？」

「不為什麼。」

「好，我再問你，當你在窗口前放下她時，她是不是已經死了？」

「應該死了。」

「你確信？」

「不能確信，但我覺得她應該死了。」

「既然她都已經死了，你為什麼還要在她身上再捅三十七刀？」

「不為什麼。」

「你知道嗎？我們的老法醫出現場從來不嘔吐，也從來不出眼淚，但看完這個現場後她擔驚受怕，住院了。孔潔的血流滿了半只洗衣桶。老法醫說，她從來沒見過一個人對另一個人懷有這麼大的仇恨。」說到這裡他揉搓眼皮，「你到底和她有什麼仇恨？」

「沒有仇恨。」

「不可能。」

「真的沒有。」

「既然沒有，你為什麼這麼殘忍地殺害她？」

「不為什麼。」

他將茶杯猛然擲在地上，他的同事嚇了一大跳。他傾過半個身子，敲著桌子，對我咆哮：「什麼叫做不為什麼？」

我低下頭，感到一絲不安，但我知道，他無論是在氣勢上還是在技術上都輸了，他很明顯走進一條錯誤的軌道。「你說呀。」他繼續敲著桌子。

「沒什麼好說的。」

他走過來，提起我的衣領，掄起拳頭要揍我。我一點也不害怕。如果他揍了左臉，我還會將右臉送上去。勝利者是不會氣急敗壞的。他的同事勸住他。很久以後他才平靜下來，像是對我說，又像是和別人閒聊，說到他有一個像我這麼大的兒子，高考考得不好，不敢回家，在外鬼混，被他找回來狠揍，但是揍一下對方就是揍一下自己，「揍完了，我就覺得沒什麼不可以原諒的，人生也沒什麼過不去的事。」

他陷入自己的情緒裡，淚眼汪汪地看著我：「我們應該一起度過這難關。孩子，你真就和她沒有什麼過不去的心結？」

「沒有。」

「沒有為什麼還在她死後扎上三十七刀？」

「你不懂。」

「是不是你喜歡她，而她不喜歡你？」

「不是。」

「是不是她曾經無情地羞辱過你？」

「也不是。」

「那是為什麼？」

我直視著他，說：「我也很想知道。」血液竄上他的臉，使那裡變得炸藥桶一般陰沉。他顫慄著走向電視櫃，取來相框。他的手不停顫抖，口吃著說：「告訴我，他是誰？」

「我爸爸。」

爸爸眼神枯竭，皮瘦進骨頭裡，正處於癌症晚期，卻對著鏡頭擺出一個巨大的笑容。我想到他的一生，長大，讀書，挖煤，結婚，生子，得病，死亡。甚至可以更簡陋點，出生，死亡。每個人都是這樣，正陷入審訊僵局的老頭是這樣，他旁邊的我也是這樣。

他搖動相框，激動地說：「你知道是誰供養你長大嗎？」

我沒有回答。

「是他，」接著他又說：「你知道為了供養你他遭了什麼罪嗎？」

「癌症。」他又回答了自己。接下來還講了一通可憐天下父母心之類的道理，最後以一句總結：「你對得起他嗎？」

「挺對不起的。」

他將臉轉向與席的眾人，「你們說是不是，誰沒有一個父母，幹出這樣的事情對得起他們的在天之靈麼？」那些人愣著，接著此起彼伏地應承。我覺得這遊戲太低級了。隨後他把遺像端端正正擺在我面前，要我悔過，並說：「你是不是多少可以和他掏掏心窩子？」

「不可以。」

我感覺除他之外的所有警察都很滿意這個答案。我又微笑著強調了一遍，「不能。」這個二級警督倒向座椅，像蒸汽機一樣冒汽，不停地說，畜生，畜生。我知道審訊快結束了。不久他果然站起來，手一揮，以極大的憤怒衝我喊：「滾。」

遊戲

我覺得既然有這個籌碼，
何不多玩一會兒。

接下來，關於我為什麼殺人，像困擾法老的謎語，引起人們的興趣。他們好像終於等到可以證明自己比別人聰明的機會，興沖沖地接踵而至。他們也不盡是想當然，有些看過我的書信、課本，有些則調查過我的同學、親戚和老師，但我讓他們統一帶著挫敗感回去。我覺得既然有這個籌碼，何不多玩一會兒。

那些獄友甚至對我產生嫉妒。

一般說來，看守所關押的都是變態的傢伙。他們有著隱祕的自尊心，不願講述犯下的罪行，就像那是喝多後一次讓人痛心的失誤，卻又總是在彼此面前注意保持由不同罪行帶來的威嚴。比如殺過人的總是要比小偷來得趾高氣揚。我進去時被問及，說殺死人，死後捅三十七刀，腸子流滿洗衣機，他們便不再與我說話。

他們惱火於我總是被提審，每當此時，他們都會吹口哨，陰陽怪氣地說些「又要挨打了」之類的話。這是因為面子，他們很早就交代一空。

有一夜，我輕聲，幾乎像是鬼魂飄向牆角，他們蓋著毯子，面朝著牆，正打著呼嚕。可當我剛掏出東西撒尿，他們便悄然圍過來，將我的頭扳進他們臂彎。我聽說過類似的事，極度恐懼地彈跳，大聲喊叫。

他們差點將我捂死。

我不知道挨了多少個耳光。就像總有一個農民用打穀板子拍打著土地。然後他們提起尿桶，將尿澆到我臉上。我感覺那鋪天蓋地而來的不是液體，而是濃烈的固體肥，頭頓時歪斜下來。牢頭揪住我的頭髮，將我的脖子幾乎扭斷。

「就你逞能。」他說。

「為什麼殺她？」他接下來說。

我拒絕回答。他的拳頭便要揍向我的面頰骨，我聞到青石呼呼飛來的腥氣，全身戰慄，嚎叫道：「嬸子，因為嬸子。」

「嬸子？」

「是，嬸子歧視我。」

「她歧視你跟你殺同學有什麼關係？」

「我想向她證明，我不是好惹的。」

他的喉嚨像是被一塊鐵輕快刮過，接著是猛烈的、難以遏制的笑聲。整個牢房跟著笑起來，就像花兒開滿原野。他們覺得我的回答很可笑，但是又很滿意。牢頭說：「你完全可以殺你嬸子，殺同學幹嘛？」

「嬸子力氣大，不如同學好殺。」

牢頭把另一隻手伸出去，輕微擺動，像是提醒大家不要笑。「我開始還以為你是個東西。」他這樣說完，大家才一個個彎下腰，捂著肚子念

「力氣大」、「不好殺」，跳來跳去，笑鬧了很久。我決意像香港電影教育的那樣，在長長的歲月裡慢慢磨牙刷柄，等有一天它尖到足夠殺人時，從牢頭開始，逐個刺殺。這本是隱忍的事，但當我看見歪倒在地的尿桶，屈辱的淚水又沖出來。此時牢頭正打著哈欠，往鬆弛的肚皮上抖毯子。我扔掉擦拭的毛巾，猛然提起尿桶，砸向他的頭。他往下倒去。隨後我像抓著巨石，不停朝他仰起的臉砸去，幾乎將它砸爛。

我覺得他死了，轉過身來掃視那些瑟瑟發抖的獄友，叵耐牢頭又伸手抓我褲腿。我聽到他啐出一口血，說「來啊，來打死我」，便又操起尿桶重擊下去，他哦了一聲，四肢攤開，沉穩地睡著了。「是他叫我打死他的。」我對著低呼的他們說。我覺得這樣說很軟弱，又咬牙切齒地補充：「殺死一個是死，殺死兩個也是。」這些人便像明白什麼，不停地敲臉盆。看守所很快充滿辟邪的聲音，像菜市場一樣熱鬧。

最終我被換到單間去了。審訊人員提審我：「為什麼要殺孔潔？」

「我恨我的嬸子。」

「恨你的嬸子，為什麼要殺孔潔？」

「我殺不了嬸子，但我要讓她知道我不是好惹的。」

從邏輯上說，這個理由很牽強，但還算成立。為了增強說服力，我交代我其實也想順便強姦孔潔，同時把隔壁何老頭也扯進來，編造出他和嬸子大量殘害我的事情，就像他們是勾搭已久的團夥。最後我說，我的嬸子是一個有著農村思想、小農意識和市儈哲學的女人。他們眼睛亮了，看得出，原本鬆動的邏輯鏈因為這幾個詞一下變得堅實無比。我很滿意。

事實證明，一個男人很難被殺死。在放風時，我看到牢頭被攙扶著行走，臉又青又腫。他看見我，眼神露出有仇不能報的焦躁。我知道這不是裝的，如不是有看守，他篤定願意付出死刑的代價衝上來將我掐死。我斜視著他，拋了個媚眼。我想這對他的健康有害。

幾天後，我被帶進會議室。坐了好一會兒，門才推開，一位戴老花鏡，白髮梳得分毫不亂的男子連續向檢察人員鞠躬，諂媚地說「要得要得」，才走進來。這是一個很壞的印象。我意識到他是一個走狗。

他像早就認識我，客氣地問他應該坐在哪裡。我說這有什麼關係嗎？他說只是不想給我帶來任何壓力。他最終搬凳子坐到對面。這時我才知道他說得對，他坐在這個位置，讓我感覺整個身體落在他的眼神之下，很不舒服。但我什麼也沒說。

「你可以放鬆點，」他說，「我既不是警察，也不是法官，不會在法律上制裁你，也不會對你作任何道德評判。我是一個六十四歲的老頭兒，而你只有十九，但這並不影響我們之間的平等地位。我們可以交交心，我們能在這個特定的地方交心，是緣分。」

我接過他遞來的名片，上邊寫著：市教育學會副會長、省家庭教育研究會研究員。

他看著我看它，說：「這只是一個普通身分。」然後從口袋掏出香煙，問我是否也來一根，我默然接過，他湊過來點火。我想到在一部電影裡，一個點火的人被囚犯用手銬勒住咽喉，成為人質。火機老也打不著，他便一直耐心地打。我因此對他的印象好了起來。我覺得也許可以和他交流一下內心的真實想法。這個想法有著一種近乎數學的美，和這由美帶來的妥帖，它需要一個值得託付的知音來聽。我覺得他只要聽就可以了。

他從包內翻出一堆活頁材料，蘸著口水翻，看見有紅筆做過記錄的，便抽出放在一邊。他一直這樣忙活著。我孤獨地抽著煙。這是很久以來第一次抽煙，我不知道它的味道竟是這樣的，有些糞氣，像喝了很多劣質啤酒，腦子暈暈沉沉。陽光這時從窗外大把射入，我在獄中曾無數次渴望它，現在卻感覺身體又熱又癢。

好一陣子，他才將材料在桌面上抖齊。他抬起頭，嗯了一聲，將左手五指攏在一起（就像要捏住一隻蚊子），說：「你認為這件事是個別事件，還是社會普遍性事件？」

「個別事件。」

「嗯。它看起來是個別事件，但個別和普遍是對立統一的，普遍性寓於個別之中，個別又體現著普遍性。我們必須找出這裡邊的原因。」

我覺得對話關係被破壞了。他說得沒錯，但這是沒有任何營養的正確。我也不知道他為什麼要到這個地方來顯擺一下學問。他的聲音像老綿羊，透露出讓人溫暖的陰柔，長相也和善，他本可以充當好一個聆聽角色的。

他果然問到我五歲之前和誰一起生活。

「爺爺奶奶。」

「你在他們身上得到什麼？」

「愛。」

「是什麼形式的愛？」

「溺愛。」

「溺愛到什麼程度？」

我信口開河，講出許多感人故事，他捉筆快捷記錄。在我停止講的空隙裡，他在材料上來回劃線，就像在推算一道算術題。我看到他這樣就像要得出答案了，蔑視得不行。他只要稍微動動腦子，就知道一個人不可能對五歲前的時光存在過多記憶。此後我順應他回溯了短短的一生，我何時回到父母身邊，何時離開，如何在鄉村、縣城和省會之間轉學，如何因為各種壓力的增長、纏繞而走到臨界點。

「離開以你為中心的生活環境，對你有利還是不利？」

「弊大於利。因此我殺了孔潔。」我這樣說完，他跟蹤記錄的筆也興奮地蹦跳起來，最後重重戳在筆記本上。然後他站起來，像科學家配置出新藥水，文學家寫完代表作，陷入到創造的巨大喜悅當中。如不是武警阻攔，我想他會將我嚴嚴實實抱住。最後他幾乎是用了極大的痛苦才控制住這種喜悅，他故作憂傷地說：「你啊，你就是典型的失寵王子。」

「不，我是救世主。」

我對他揮揮手。心裡交織著無盡的嫌惡和失望。

兩天後，我被再次帶進會議室，那裡架著一臺攝像機。我感到一種莊重的壓力，就像自己站在高臺最上，被風颳動衣襟，底下有成千上萬人翹首以待。我將習慣塌著的腰身挺直，表現得既不頹喪，也不輕佻。我在刻苦表演一個完全不同的自己。

消解緊張局面的是對面的女記者。會議桌早已搬開，她和我之間沒有任何阻隔，她留著燙起的短髮，皮膚白皙，臉龐微胖而圓潤，穿麻灰色西服、黑藍色套裙，正傾著上身，將交叉並攏的十指落放於蹺起的膝蓋上，微笑著看我（就像微笑是作為器官長在嘴角一樣）。她的頭是抬著的，因此目光略微仰視於我。她的目光從不脫離我。

我像被施了魔咒，突然湧現出強烈的訴求衝動。我在等她的指示。她點了下頭，說：「不要老想著鏡頭。」

「嗯。」我甚至變得羞澀。她的牙齒潔白而整齊，語調緩和，像輕拂樹葉的風，低沉而富於磁性，每個字都能讓人清晰地感觸到。她遞給我一張當天的報紙。那位教育學會副會長在接受採訪時認為有三個原因導致我殺人：一、家庭教育的失敗；二、高考的壓力；三、社會環境的不良影響。同時他認為應該用三句話來防範此類事件：一、瞭解和理解；二、細心和耐心；三、平等和對等。

她問：「你怎麼看？」

「放屁。」我已經揣摩到她的意思。她果然寬和地笑了。

「那麼你認為主要原因是什麼？」

「排解。我想排解。」

「排解什麼？」她點點頭，眼神放射出鼓勵的火光，這讓我更加迫不及待地往下說。我確實說了一句兩句，但會議室突然闖進一位中年男子（就像一隻陌生的雄獅悍然闖入我和一隻母獅的領地）。他遞上紙條，她看過，斜躺在椅子上，和走出去的他極為默契地對視一眼。這讓我覺得她和我不再有什麼關係。

我住了嘴。

「排解什麼？」她憂心忡忡地問，並沒有記住我剛才說的。

「沒什麼。」我說。

接下來我又說：「我一度覺得你像我表姐。」

她似乎很感興趣，將頭傾到前邊來，我感到沒有比這更虛偽的事了。我本來覺得她像表姐一樣值得信賴，但現在卻看出，她的一切真誠都只是技術層面上的。她在試圖騙取我的答案。她每一步都是為著這個，甚至於連早上怎樣化妝也是為著這個。一旦我交代完畢，她便會毅然決然地離開，與同事擊掌相慶。

「接著剛才的說。」她說。

「沒什麼好說的。」我說。

場面因此陷入尷尬，這大概也是她沒預料到的。隨後為完成任務，她開始不著邊際地發問：「寄居在別人家裡是種什麼感覺？」

「我可以告訴你並不是你想像的那樣，並不總是充滿火星。」這個回答幾乎是我對她最後的仁慈了，但她沒有把握住，她倉促接著問：「為什麼沒有找到滅火器？」

「滅火器？」

「我指的是消除殺人衝動的滅火器。」

「不存在滅火器。」

「為什麼？」

「因為整個土壤都在燃燒，即使有滅火器也無關緊要。」

「你就讓火著得更大？」

「我沒有讓它著得更大，是它必然會這麼大。」

我們似懂非懂地說著，她似乎湊夠了時間，撇下我，一個人對著鏡頭聲情並茂地念紙條：

燦爛的花季　怒放的美麗
忽然間　變成如此的結局
我的心啊　是何等何等的痛惜
孩子　我不明白
你為什麼要這麼做
我聽到　聽到媽媽帶血的哭泣
孩子　我感到痛惜
我真的　真的不明白
你為什麼要這樣做

我想哭。如果知道最終會有人寫這麼糟糕的詩，我寧可不殺人。

坐監

現在我最期待有個人躺在對面，
和我一起死。
但在人類史上很少有這種情況發生。

此後便沒什麼人來找我。我端著腳鐐、手銬，像熊一樣長時間待在牢房。有時坐久，就覺得自己黏在陰涼的地上，成為建築物的一部分。以前聽說囚犯可以和一隻螞蟻玩一下午，最終能分辨出公母，但這裡什麼蟲兒也沒有。因此我總是將手放在褲襠，大約可以了，便抽送。精液流到手上，有魚市的腥氣。我將它們擦在腳板，無盡灰涼。我知道這麼做不是為了收穫什麼快樂，而僅僅只是無事可幹。

我向看守索要魔方，被拒絕。我說這並不是什麼過分的要求，他說：「我要是給你了，那關你還有什麼意義？」他拉上小鐵窗，我便猛敲它，「玩魔方跟關我有什麼關係？」他沒理我。等到下次送餐時我又重複這個問題，他說：「玩魔方就是你想要的生活，給了你，我們怎麼懲罰你？」我想想也是。

此時讓我耿耿於懷的倒不是窗外自由的天空，而是在青山被捕的時刻。那時我完全可以推倒刑警，奪路狂奔，撿起石頭或菜刀傷害行人，如此便可被當場擊斃。而現在我卻不得不獨自面對龐大的時間。人世間所有的事情，行路、勞動、戰爭、求歡，都是阻擋肉身與時間直接接觸的屏障，但在我這裡，在這間無所事事即使有點事也會很快辦完的狹小牢房裡，我總是清晰地看著時間張大臂圍走過來。它孔武有力、無懈可擊、無所不在，沒有任何肉身都會有的情感，它既不會聽你的求饒，也不看你的哀傷，它就像是不停砸下的泥石、不停湧來的浪潮，塞滿整個房間，淹沒你，凌遲你，它淹沒你讓你感到全身被重量重壓時它是囫圇的，它凌遲你，讓你感到每寸肌膚被刀鋒掠過，它是凌厲的。它讓你無法抵抗，讓你極緩慢地死亡。一想到這裡，我又想起爸爸，便熱淚盈眶。

爸爸死前，所待的病室和這間牢房差不多，逼仄、陰暗、潮濕，地皮像一張鼠皮，散發著安靜的惡臭。有一次他昏迷很久，悄然醒來，拉住我的手說：「我總感覺牆角坐著一位穿白袍的男人，好像認識，又好像不認識。他在吃著簡單的一個蘋果。或者說他在簡單地吃著一個蘋果。你聽到他嘴裡發出的吧嘰聲沒有？他正背貼著牆，微閉著眼，一門心思，吃著吃不完的蘋果。他好像在等待一個時機站起來，他站起來後會將果核扔到地上，用腳掌將它踩平。他在等待這個時機，你不知道這個時機是什麼時機。」

「他是死神，」他接下來說：「我想告訴你，死亡並不是閃電並不是驚嘆號，並不是一個瞬息到來、凶猛刺入的點，它是一個過程，一個所有器官排隊失靈、一個熱水袋變成霜的過程。沒有比忍受它慢慢到來更痛苦的事。孩子啊，現在我最期待有個人躺在對面，和我一起死。但在人類史上很少有這種情況發生。我看到的都是健全的、生長的你們，你們故意皺著眉頭，讓眼淚流出來，實際上你們的骨頭卻是輕浮的，散發著活潑的氣息，你們身上的每個細節無不像雨後的春天小樹，生機勃勃。而我早已衰竭。你們來，只為加重這個事實。你們就像是將我鎖進囚室，而自己在外邊像幼稚園的小孩子那樣歡快地圍著圈嬉鬧，你們嬉鬧的笑聲像巨大的鐵砣從空中一遍遍壓下來，將我壓在地面上動彈不得。你們讓我羞恥，我們相隔萬里。你們滾吧，或者你們有把槍，將我斃掉吧。」

這個一生不遂的詩人嘆息數聲，最後幾乎是厭惡地將我撣開。我走向門外，委屈得想喊，生，老，病，死，人啊人，全他媽是一種恥辱，沒一樣不是。可是等到媽媽一走進去，爸爸便滾進她的懷抱，沒完沒了地哭起來。媽媽可是連一句安慰話都不會說。

在牢房生涯，起先我還會試圖與外界同步，蘸地上的灰，在牆上畫橫槓記日子，後來就懶得記了。人都要死了，記有什麼用。時間因此變得極其混沌，有時幾天過去好像只一天，有時一天又變成無數天（就像玻璃在地上碎成無數塊）；有時我渴望夜不要來，有時又渴望它早些來，儘管那時很可能已是黑夜。我開始無休止地做夢。有一次在夢裡，我躺在床上，想爬起去見一人，卻動彈不得。這個唯一的人被我掛念，也掛念我，我們彼此心無芥蒂，他卻是沒有面目，也沒有名姓。我在世人裡痛苦地排查，發現並無這樣一個他。但當他擦著雲層、枝叢以及偶爾刺下的閃電，一路展翅飛來時，我卻覺得再沒有比他更熟悉的人了。他抖動身上的鱗片，抖出一地青水，說：「我夢到你，因此來看你。」

「你是誰？」

「我是你夢裡的人。」

「那我是誰？」

「你是我夢裡的人。」

「你是否在這個世界存在？」

「不存在。」

「那我呢？」

「你也不存在。」

「但你掐我的手，我感覺到真實的疼。」

「我們並不存在。」

「我要死了。」

「是我夢見你死的。我也可以夢見你不死。」

「那你夢見我不死吧。」

「都一樣。」

醒來後，我覺得很好玩，又開始設想自己是一部作品的人物。我想到一個作家微微駝背，坐到檯燈前，在白紙上寫下我的名字，然後以此為中心，添加衣著、居所、學校、街道、熟人、性格、事件、命運，編織出一張錯綜複雜的網。我則反過來編織他的一切。每當我想得快一點時，我就命令自己慢下來，因此最終細緻到連他寫作時聽什麼歌都想好了。他從曲庫挑出幾十首歌，一首首聽，直到聽到這首〈Silver Springs〉時，才感覺找到寫作的節奏。他寫了幾句，感覺並不爽利，因此大聲朗讀，一不合適，便似暴君將之塗抹。直到他自己也覺得殘忍了，才停下來，對自己說：「就這樣，就這樣吧，你要學會原諒自己。」如此，他斗膽往下寫，好不容易來了靈感，正準備像投身大火那樣任自己燃燒下去，朋友的電話來了。他想出很多下作的理由推阻，卻是有越來越多的朋友竄進話筒指責他，因此他長嘶一聲，氣急敗壞、仇深似海地去應酬。他虛與委蛇到深夜，終於逃回，稀罕的靈感卻已跑得精光，他長久地坐在案前，試圖喚回哪怕那麼一點點，卻什麼也沒有。因此他張開空空的雙手，欲哭無淚，遺憾得像丟失了一部大海。他對紙中的我說：「我白天上班時，智力和體力本已損耗殆盡，回來好不易蓄積一點力量，又被那幫狐朋狗友搜刮一空。為什麼你們就不能給我乾淨的一天，為什麼！」

我說的卻是：「你既已將半條命傾注於我，何苦又要將我弄死？」

「你只有死才可以活得更久。」

「那好，我現在就將你殺死，反正我已殺死一個了。」

「不。即使你將我殺死，我也是不會出賣自己原則的。」他鼓緊腮幫，張開的鼻孔不停冒出正義凜然的氣息。我感到無比好笑，摸摸他的腦袋飛走了。

我依靠這樣的互搏遊戲，打發走不少時間。有時我想在我們人類背後，在那看不見的另一維度，存在一個久睡的人，他生產我們。我試圖用性來否定這種繁殖程序，很快發覺性也是夢出來的，他說要有性，於是人類便有了性；有時我想人類早已滅亡，我們今天之浩大繁複，不過是明朝或宋代一個巫婆投放進鏡中的幻象；有時具體而微，我想我是十萬個我之中的一個，我幾乎能在每個碼頭碰見另一個自己，他們有的麻木地做著木匠，有的搭乘飛往聖保羅的飛機，有的跟著行刑隊等著看熱鬧；有時我又想會有一位未來的子孫開來直升飛機，將我捎離肖申克（註四），他說如果不將我帶走，未來他就不會存在了。在飛機上他一直若有所思，飛到頂點時恍然大悟，他說：「其實我只需要帶走你的精子就可以了。」

我就這樣整日整夜躺在複雜而無限的線條裡，興奮到不吃不喝。誰要是此時打開牢房將我釋放，我說不定還要大發雷霆呢。我會告訴他，到哪裡找到這麼安靜的地方，不用工作不說，還白吃白喝。我是再也找不到一個地方比這裡更適合思考人類和宇宙的了。然後我在連續失眠的盡頭痛哭出聲。我開始後悔沒有在作案之前就想到這樣的招數。如果那時便這樣，我便能與人方便，與己方便，無毒無害地度過整個人生。可是很快我又想，我現在之所以如此自足，也是因為我明白自己總是要死的，而且被管制得無處可去。

後來看守出於同情給了我一張報紙。他本來給的是一整張，又取回去，只撕下巴掌大那麼一塊給我。他嘿嘿笑著，得意洋洋地走了。但有這巴掌大就夠了，我看到一個絕妙的故事：

〈一起爆炸案〉

一天，湯姆點亮火柴，想看看汽油桶裡還有沒有汽油。有。

我圍繞這句話想出一部遠至猿人的湯姆家族史，我為這起家族滅門事

註四：監獄名，臺譯蕭山克，又譯鯊堡，出自於史蒂芬．金小說《四季奇譚》中的短篇〈麗泰海華絲與蕭山克監獄的救贖〉。

件找到一條隱藏於中世紀的導火索。我很感謝看守，他等於是給了我一口源源不斷的甘泉。

判決

我有些後悔殺她女兒，
但如果我謀殺的不是這樣一個不允許謀殺的人，
謀殺又有何意義？

我曾想這世上還有誰會惦念我，媽媽也許是唯一一個。我想她應該來看我，等了很久沒等到，便想她已嫁至遠方，忘記此事了。但在某天，看守卻說她來了。我不想見，他說哪怕是透透風也好啊，我便由他拉著，叮叮噹噹去了。

會見室屋頂很高，一塊又長又厚的玻璃牆將囚犯隔離在狹長的這邊。那邊大門忽然拉開時，自由的人們張開雙手，跌跌撞撞，像是從遙遠的冰川湧來。媽媽愚蠢地跟在後頭，雙手撇在腿後，腦袋搖晃著，好像在說不，不，不要打我。我幾乎不想見了。

她找到我，坐下，將裝著半只包子的塑膠袋捉在膝間，低頭一言不發，就像她才是真的犯人。我嗤了一聲。此時大廳像候車室，聲音此起彼伏，互相穿透，一起飄蕩至半空，嗡嗡一片，媽媽幾次欲言又止，我便說：「有什麼快說吧。」她猛然打抖，抬起頭。

「不說你來幹嘛？」

她展開手掌，偏過頭讓我看，眼淚汨汨而出。那裡結滿老繭，像石頭又髒又硬，黏著一顆短小的草葉。「我去燒香拜佛了。」她說。

「有什麼用？」

她又不說了，只是抬手臂擦淚。我說：「不衛生。」她便扯下頭巾，這下我便看見她滿頭的白髮，不久前那裡還只有一兩根白絲。「怎麼搞的？」我問。

「一夜間急的。」

這大約是我們人生裡最溫情的一刻，我試圖將手指從對話的小孔伸出去，未遂，便說：「你以後多照顧自己，找一個老公，想吃就吃，想喝就喝。你聽我的。」她卻是一個勁地搖頭。不一會看守走來，她想起什麼，匆匆說：「你要好好聽話，認真交代，服從管教。」然後被領走了。準確地說，是她將人領走了。她匆匆消失在大廳，帶走那半只包子。她就這樣走了。她真不是個媽。

法院送來起訴書副本時，我才知自己坐了將近四個月的監。他們說：「如果你不請律師，我們會給你指定一個。」我說：「我要是不要呢？」

「一般說都要一個。」

我說那好吧。他們又問我有沒有證據或證人需要列舉，我說沒有。不久律師來了，問了同樣的問題，然後不停接電話，沒多久便走了。

審判日來臨時，他們解下腳鐐，將我押出看守所。我一下感覺腳步輕盈，人控制不住要飛到天上。看守所門口掛著白底黑字招牌，鐵門上安琉璃瓦，四周是灰白色磚牆，牆內伸出無數白楊和一間瞭望哨，一個武警端著衝鋒槍在哨上踱來踱去。我看到這些，也看到上午的陽光極其充足，天空深邃，像將碎的藍色瓷瓶。我想唯在此時，它方顯如此之輝煌。

媽媽躲在遠處樹後，不時偷窺。囚車開過時，我喊媽媽媽媽，很快明白她聽不見，倒是看見她面色驚恐，眼神癡愣，完全被鎮壓了。那悲哀的場景就像一個人看見自己的雙手雙腿被別人割下，用板車拖跑了。

到達中院後，兩名法警將我帶入一間小房，端坐一旁，喉嚨發出吞咽聲。隔壁想來是大廳，有腳步的沙沙聲，不一會靜下來，有人規規矩矩念了一通規則，隆重地請公訴人、辯護人、審判長、審判員入席。那審判長敲下槌子，說：「傳被告人到庭。」這邊鐵門便猛然拉開，法警架著我的胳膊，風一般竄到被告席。看起來就像我的精神垮掉了。我站定後，揮舞手銬，以示不滿。我的律師請求解除我的手銬，遭到公訴人強烈反對，他認為我極具危險性。

旁聽席坐了不到十人，他們好像仍對我好奇，只有一位女子眼神狠毒。她穿黑裙，肩膀上搭暗花巾，臂纏黑紗——整個人就像一隻瘦長的烏鴉。可能因為上了年紀，她的皮膚鬆弛，掛在臉上，就像掛了一掛黑黃的麵條。她此時緊扣嘴唇，巨大的鼻翼不停扇開，又像一只壺蓋隨時要衝開。我很奇怪這麼醜的女人怎麼會生下孔潔，錢鍾書說，假如你吃了個雞蛋覺得不錯，何必認識那下蛋的母雞呢？說的就是這個道理。

在審理前，審判長問了一堆毫無意義的問題。比如我的姓名、出生日期、民族，我是否受過法律處分，什麼時候收到起訴書副本，然後他說因為涉及到被害人的隱私，案件不公開審理。我想人都死了，還要什麼隱私。他又念出一通名單，被念到的有的站起身，有的點頭嗯一聲，他在告訴我享有什麼權利後，問我需不需要誰迴避，我說：「需要，全部都迴避。」他說：「有什麼理由嗎？」我想不出來，就說：「好吧，不需要了。」

按照程序，公訴人站起來將起訴書逐字逐句讀了一遍。有時為突出效果，他會在關鍵的話語上提高聲音，就像往鍋裡添加味精。整體看他是利索的。接著是孔潔母親走上宣讀一份附帶民事訴狀。她捏著紙的手不停發抖，有些話讀錯了，便從頭讀過。她要求我賠償三十二萬元。從我的理解看，得到一筆錢和這種事是衝突的，人們會懷疑她是不是借女兒的死亡斂財——至少它對復仇的純粹性造成了一定損害。她似乎清楚這點，念完補充道：「我就是想用這個來將你整破產，三十二萬我一分錢不得，可以全捐了。」我還有什麼破產不破產的。

審判長問我有什麼說的。我說：「要說什麼？」

「就是剛才宣讀的起訴書，你有什麼意見？」

「沒有，完全屬實。」

我的律師輕敲著桌子，好像覺得我不爭取，但他也沒說什麼。審判長示意公訴人問話，後者與我核對多處細節，說：「再沒什麼問的，事實如此清楚。」審判長不小心看了眼孔母，她好像得到准許，氣勢洶洶地站起來，咆哮道：「你為什麼殺我女兒？」我將頭仰起來，拒不回答，她便全身抖索，聲響大得像是狂風吹過薄鐵片，然後她又哼哼著坐了回去。法庭暫時冷場，穿制服的人們交頭接耳，我覺得總要有個人說話，便舉手。律師終於意識到他還是我的人，提醒審判長。審判長說請講。

「我能坐會兒嗎？」我說。整個旁聽席騷動起來，好像這是多麼大的罪過。審判長敲了一下槌子，卻並不回答問題。我不知道是可，還是不可，直到我覺得自己反正是要死的，才一屁股坐下去。大家卻不再在乎。因為公訴人把法醫請來了。這是個年歲很大的女人，穿白大褂，五官長得像死去的樹根。她本應冷靜地宣讀鑑定結論，比如孔潔全身遭受多處刀傷，致急性失血性休克死亡，但她老淚縱橫，左一個孩子右一個孩子，將事情渲染得不行。她說到處是血，地上，牆上，門上，窗戶上，都是，觸目驚心，特別是將她還放進洗衣機，「頭朝下啊，就那麼放著，血足足流了半洗衣桶。」我看見剛才還一邊抹淚一邊隆重點頭的孔潔媽媽昏厥過去。

上午的審判因此結束。下午繼續審判時，孔潔母親被一干人拉拉扯扯，但她還是掙脫著進來，坐於原位。她惡狠狠地看著我，看了好一會兒，猛然朝地上吐出一口痰。我也朝她吐了一口。她便將腦袋偏過去。

下午先出場的是辦案民警。公訴人問，你們是什麼時候趕到現場的？民警答次日早上。孔潔媽媽忽然站起來，指著他說：「那你們是什麼時候接到報案的？」

「我接到出警通知是次日早上。」

「我問你們是什麼時候接到報案的？」

「這個我不清楚。」

「不清楚？哼，我告訴你，案發當天傍晚我就報警了。」審判長敲槌子，試圖打斷她，她卻是用更高的聲音往下說：「今天我必須說，我當晚六點就報案，但是他們叫我二十四小時後再來報案，還說這種事百分之九十九都是第二天一早就回來了的。我說我女兒一向很乖，從不亂跑。他們就說你有完沒完，你知道我們一天得處理多少案子嗎？你知道我們警力總共有多少嗎？你這不是無理取鬧嗎？我問你，這是不是你們說的？你們還說，你也別以為是我們不接受報警，這個是法律有規定的，法律規定我們怎麼辦我們就怎麼辦。」

這個女人擤了下鼻子，將鼻涕擦在衣袖上，接著說：「今天我就問在座諸位，法律到底有沒有這一條？你們都是懂法的，你們告訴我，法律有沒有這一條？」審判長抬手讓公訴人繼續問，她又搶白：「我相信你們。我去學校找老師，老師比你們好多了，她翻電話簿，幫我向女兒同學打電話。其中有一個姓蘇的，追過我女兒，手機關機。我們一整夜都在找他，等找到時，天已亮了，是這個殺千刀的，」說到這裡，她用手指遙遠地戳我，「是他嬸子回家了，看到一地的血，才報了警。可憐我女兒早死了。」

說到這裡，她好像還只是剛剛獲知這不幸的消息一樣，驚愕了一下，猛然啼哭起來。大家面面相覷，不知道怎麼辦，直到她的親戚看著實在不像話，將她拉回座位遮擋住。叵耐她又尖叫道：「這事永遠沒完，我要跟書記跟市長寫信。我就不信沒有公道。」審判長趕緊敲下槌子。這一幕讓我很吃驚，就好像整個事情歸根結柢還是錯在民警，跟我無關。我很難過，甚至想幫著她上去罵幾句民警。公訴人此後草草問上幾句，讓民警灰溜溜退堂了。我的律師壓根也沒想問他。

我的嬸子本應出庭，但公訴人只是宣讀了一份對她的詢問筆錄。往下是兩個哨兵先後出庭。他們臉色漲得通紅，看到我時閃著狼一樣的寒光，顯得又委屈又憤怒。他們一定在接受內部審查時說，我怎麼知道他會殺人呢。但誰會聽他們的，他們的領導一定捶打桌子說，誰告訴你的，誰告訴你站崗就是為了做做樣子！

前一個哨兵承認有位女生進了院落，後一個則說完全不清楚。公訴人問：「你們換崗的時間是不是下午三點？」他們都回答是。公訴人指著我說：「我認為這是一起有預謀的犯罪行為。」我站起來回應：「我沒說不是。」我的律師長嘶一聲，裝作很痛苦地倒在座位上。

在辨認彈簧刀等證物後，當天的庭審告結，法警將要帶離我時，孔母衝上來，猙獰地抓我的臉，她的親屬匆匆跟上，藉解勸之機也擰了我好幾把。法警緊緊揪住我的胳膊，要不是我自己朝前走，他們想必也不知道將我帶走。我邊走邊回頭，看見孔潔母親像個淘氣的孩子彈著腿，身體往下倒，不停乾嚎，女兒，我的女兒啊。周圍人趕緊去扶她，她卻是撒潑得更厲害。整個事情進行得像是一種儀式。她可能覺得非如此不可，不如此便不配當一個母親。但我相信這不是純粹的痛苦，純粹的痛苦只有在空間只剩下她和女兒遺照時才會出現。那時她欲哭無淚，空虛得就像五臟六腑被掏空了。

此案未經數日，便審結了。律師建議做司法精神鑑定，公訴人認為我有殺人計畫，殺人後逃走，符合正常人的邏輯。審判長支持了這一說法。他又問我有什麼要說的。我說沒有。

數天後，我再次被帶到法庭。所有人跟著審判長站起來，聽他抑揚頓挫地宣讀。很長時間內，我都像在生詞的河流游泳，一句話也聽不懂，在我以為快要結束時，審判長又蘸著口水翻出下一頁，因此我說：「直接念最後一句吧。」審判長頓住，眼鏡掉在鼻梁上。法警猛然踢了我的腓骨一下。最後審判長念道，被告人犯故意殺人罪，判處死刑，剝奪政治權利終身；犯故意傷害罪，判處有期徒刑十年；犯強姦罪，判處有期徒刑八年。決定執行死刑，剝奪政治權利終身。話音剛落，法警又使勁踢了我腓骨一下，我便展現出癱軟的模樣。

我心想這就走了，他卻是又念：「對於被害人家屬提出的附帶民事訴訟，法院考慮到被告人無經濟來源和可供賠償財產，確無賠償能力，判令免予賠償。」我分明能感覺身後有個人重重倒在座位上。我覺得法院與其說是宣判我，不如說是宣判她，法院挺對不起她的。我有些後悔殺她女兒，但如果我謀殺的不是這樣一個不允許謀殺的人，謀殺又有何意義？

上訴

這是個死局，
我不相信會有什麼奇蹟，
但律師卻開列出整整五條突圍路線，
好像死倒是最不可能的事。

兩日後，媽媽來了。她還是儘量繞著人走，但當有人蹭到她時，她便說：「好了，我兒子也死了，我誰也不欠。」她看到我，從包裡取出各式飲料和一大包烤翅，「孩子你說得對，賺錢就是為了吃。」但她無法將它們塞過來，她像到飯店消費一樣招手，來了一位看守，「將這些給我兒子。」

「對不起，所有寄送物品都需要統一登記。」

「麻煩你幫我去登記下。」

「需要你自己去。」

她委屈地將烤翅塞進包。「你要想吃燕窩熊掌，媽也去辦。媽沒有你，什麼錢也沒用了。」

「省著點吧，你還要生活，還要找老公，收養小孩。」我說得絕情，但除此之外我能說什麼呢。媽媽的眼淚像噴泉飛濺而出，這是我頭一次見人這樣哭。她偏過頭，說：「我一定把你撈出來。」

「不可能。」

「我不相信。」

我不再說什麼。我覺得她是條牛，我沒想到就是個把月的時間她變得如此固執，可能這是她多年來第一次自信自己占據了道理吧。「你等著。」她說，提起包大踏步走了。走上五六米，轉過身又說：「你看你瘦得可憐。」

沒過兩天，媽媽又來了，陪同的是一位禿頂矮個律師。媽媽說：「我不懂，你跟我孩子說。」他便說：「是這樣的，我們想替你向省高院提起上訴，但需要徵得你的同意。」

「我不上訴。」

「這是你的權利，幹嘛不享受？」

「我知道。」

「我姓李，大家都知道李律師曾經將三個人從死亡線上拉回來過。」

「我知道，但是沒必要。」

媽媽的手一直在捶打玻璃，聽到這裡忽而頭也撞過來，我看見她的眼睛、鼻子、牙腔極其扭曲地抽回去，又衝過來。「我只需要你的配合。」她吼道。我馬上點頭，「好，好。」可一回牢房我就後悔了。就像小說裡的某人，準備去海裡溺死，卻在海灘遇見故交，被無休止的應酬綁架了。但我不能對媽媽說我想死，我說不出口。

此後律師和母親總是風塵僕僕來，又風塵僕僕地去，連寒暄的工夫也省了。就像我是皇帝，他們是忠心耿耿的臣僕。有一天，律師取出一份五年前由A縣人民醫院開具的診斷證明書，上邊稱我顱腦外傷，伴有陣頭痛，有癔症、神經官能症表現。我表示沒這回事。「你看，連醫生的證明都有。」律師取出與主治醫生的談話筆錄，上邊寫著：

問：這個診斷書是不是你寫的？

答：是我寫的。

問：屬實？

答：是我簽的字。

我說：「我沒有在人民醫院看過病。」他惱恨地用手指敲案臺。我便明白了。「現在開始，你給我聽著，你只需回答是還是不是。」他說。然後我就什麼都答是。這樣我就擁有了需要主動記憶的歷史。律師看起來很滿意，不過走前還是問：「你能說出你為什麼被送到醫院嗎？」我張口結舌。他便恨鐵不成鋼地說：「是寒假路過夜宵攤時被人用磚頭敲了。」

「是這樣的。」

「你要記得發生在你身上的創傷。」

說實在的，這是個死局，我不相信會有什麼奇蹟，但律師卻開列出整整五條突圍路線，好像死倒是最不可能的事。其一，尋求司法精神鑑定；其二，將部分責任分攤至社會；其三，改年齡；其四，死咬沒有強姦意圖；其五，強調有自首情節。

「我沒有自首。」我說。

「你有，」律師斬釘截鐵，「被捕時是你主動找到警察的；被捕前你曾用三張人民幣抓鬮，其中有一條便是自首，說明你有自首意圖；還有，你曾主動打電話給副班長李勇，彙報行蹤，對你這種年齡的人來說，班長副班長就是最大的組織，你是在向組織懺悔。」

「是我不想玩了。」

「不想玩了就是自首。」

又過了些時日，媽媽腳步輕快，揮舞著手臂，歡天喜地而來，就像手裡捏著釋放通知書一樣。律師說：「你應該感謝你媽，我從未見過這麼執著的母親。」

我問：「怎麼了？」

律師說：「孔媽媽答應為你求情了。」

我說：「怎麼可能？」

律師說：「你媽答應賠她七十萬。」

我說：「哪來的七十萬？」

媽媽說：「我有存款，把店鋪、房子賣了，就湊齊了。」

律師說：「你媽其實還借貸了二十萬。」

我說：「錢都給出去了？」

律師說：「還沒完全給出去，目前只有一部分保管在孔潔的舅舅那裡。畢竟還沒親口答應。」

我說：「她怎麼可能答應呢？我殺了她女兒，她還替我求情。」

媽媽說：「她一開始也不答應。我說，我是一個單身母親，你也是，我們都只有一個孩子。如果我兒子死能換回你女兒的性命，我寧可他去死，但現在他就是死了，潔潔也回不來了。你不如看在我們都是孤寡女人的面子上，放他一條生路。」

律師說：「我說，你撫養女兒很不容易，眼看就成材了，無論怎麼說都是我們這邊的錯。但錯既已鑄成，事實既已發生，我覺得我們應該還是從積極的角度去考慮。如果你能從人類罕見而高貴的精神出發，出面為他求情，你就是救了兩條命，你既救了這位女士，也救了她的兒子。我想他們也會盡全力來補償你、報答你，他們終生都會感激你的恩德。」

我說：「她就這樣答應了？」

律師說：「不，她讓人將你媽打了一頓。你媽一直跪著磕頭，懇求對方說個價。孔媽媽並不理睬，後來還是她親戚看不下去，過來扶你媽，你媽不起來，她便出來對你媽頭上吐痰。」媽媽將頭低下去。律師接著說：「你媽媽就自己說錢，三十萬不行加到五十萬，還不行，又加到七十萬。你媽不是一萬一萬往上加，而是二十萬二十萬地往上加。對方還沒反應，你媽長嘆一聲，說兒啊，口吐白沫，昏迷不醒。就是這樣，孔媽媽才說，你叫我以後怎麼做人啊。」

媽媽說：「我也不知道她是不是答應了。」

律師說：「話說到這份上，就是答應了。現在我們需要你做的是在法庭上懺悔。」

庭辯

「我殺她就是殺她，不想給這件事夾帶任何雜質。」

五個月之後，二審由高院主持，在原法庭舉行。讓我感到好受一點的是，不會再有三審了。我已經膩味在牢房玩迷宮遊戲了，我就是我，不是什麼虛構人物。時間重新變得寬廣無際，像可怕的白內障，因此我咬破了左手腕。

這事後來被檢察官演繹為畏罪自殺。

檢察官在看守所提審我時我便認出他來，當然他不會認得我。他肩寬極窄，身軀長得像一條扁擔。如今他正坐在法庭蹺著二郎腿，不時翻閱一下案卷，尋找著要點。提審時我就知他態度極不認真，但又有著近乎愚蠢的自信。他現在想臨時抱抱佛腳，卻抵擋不住連打三個哈欠。他應該整晚都在喝酒，玩骰子，摟抱女人，現在滿耳朵還是ＫＴＶ的聲音。

我的律師陳述上訴理由後，請求法庭出示法醫鑑定結論。那個愛哭的女法醫被招來，在律師逼問之下，她坦承沒有在陰道內提取到精液等物證，「沒有並不代表沒有強姦意圖。」她強調道。無疑她的說法是欠妥的。律師說：「在對方已是囊中之物的情況下，我的當事人如果有強姦意圖，就會強姦，就會留下痕跡。我想問，被害人到死是不是還是處女膜完整？」

「是。」法醫回答。檢察官說：「可是一審時被告人承認有，最終判決定性也是強姦未遂。」

「審判工作應該重證據輕口供。設想下，一個體重六十二公斤的青年男子，在面對手無寸鐵的只有三十九公斤的被害人時，怎麼可能會強姦未遂？」

「法律不允許假設，這需要問被告人自己。」檢察官說完就明白自己錯了，我果然站起來說：「我沒有任何強姦的意願，也沒有實施過任何強姦行為。」法庭一片譁然，他們想我果然翻供了。我的律師裝作沉靜地坐下去，心裡一定可美了。

「那你為什麼在公安機關訊問你時交代有強姦行為？」審判長問。我沒有回答。檢察官立刻站起來，「我想問被告人，你有什麼證據證明自己沒有強姦意願？」我覺得他有些氣急敗壞，這種問題也傻得可以。我的律師說：「我抗議這種有罪推定的舉證方式。」但我還是抬起手銬說：「在孔潔來我家前不久，我已手淫過。我消除了與對方發生性關係的念頭。」

「你有證據嗎？」檢察官說。

「沒有。但是你們可以從法醫鑑定結論看到。」

「這並不意味你沒有這個想法。」

「對不起，我沒這個想法，有的話完全可以辦到。」

「你不想？」檢察官說出這種話來簡直不成體統。

「我想，但我不打算這麼幹。」

「為什麼？」

「為了一種純粹。」

「什麼純粹？」

「我殺她就是殺她，不想給這件事夾帶任何雜質。」

我的律師及時接口道：「這說明即使是顯見的惡裡也隱藏了某種原則的東西。」接下來他宣讀了一份聲明，這份聲明出A縣四百餘名鄰居、熟人、同學聯合簽名。他們以人格擔保我尊老愛幼、為人老實，呼籲法庭從輕處理。律師試圖一一讀出名字，結果被審判長打斷，他抖動紙張，十分遺憾，意思是如此強大的民意最終只被體現成了區區幾張紙。我想他和媽媽一定帶了很多的糖果、紅包去找這些人，他們起先不簽，律師自己躲著簽了幾十個，他們便敢了。不但自己簽，還招呼親友們都來簽。

律師往下又宣讀來自我孀子的聲明。她反思自己有著本地人的優越感，武斷、粗暴，未顧及我尚處於青春期的事實，不自覺中完成了對我的摧殘。聲明還列舉出二十條歧視事實，包括將五元錢故意放桌上看我偷不偷，我只能吃剩飯，等等。律師讀完，走過來，眉頭緊皺，眼神如炬，就像從不認識我那樣，兇狠地說：「下邊我問到你的問題，希望你如實回答。」

「好。」

「你保證。」

「我保證。」

「你想殺的是不是你的孀子？」

「可以這麼說。」

「是不是？」

「是。」我抬高聲音回答。

「我反對這種誘導式提問。」檢察官說，審判長讓律師注意。但律師已陷入到激情當中，他將一隻手插進兜裡，低著頭走了幾步，猛然問：「為什麼想殺她？」

「因為歧視。」

「什麼歧視？」

「一個土著對外地人的歧視，所有的、無處不在的歧視。」

「面對這種歧視，你是什麼感覺？」

「我感覺自己是賊，每天被扒光了衣服。」

「你是不是想哭？」

我抬頭看了看他，莫名其妙。他在那裡跟我不停使眼色呢。接著他又問：「你能再細緻一點形容這種痛苦麼？」我不知道怎麼回答，索性低下頭，沉默起來。可能我還搖了搖頭。我的律師就以這個動作為證據，說：

「你們看看，這恥辱深重到羞於啟齒。」

接著他猛然問：「最後你為什麼殺的不是她？」

我想我選擇不殺，是因為她不值得一殺。律師見我沒有回答，便說：

「因為你殺不過強大的她，但是為了震懾對方，你又殺了一個同學。你想告訴她，你絕不是好欺負的。這就是你幼稚得可笑的報復。」檢察官拍桌子，大叫強詞奪理，審判長也連續敲槌子，而律師已完全進入演說的境界，他將手再次插進褲兜，快步走到旁聽席，緩緩俯視每一個人。等到所有人都展現出愕然的表情時，他舉起手中的那枝筆，像是把字一個個點出來那樣點著：

「你們都是有罪的。」

接著他說：「你們給他高考壓力，給他地域歧視，給他白眼，給他孤獨，給他外鄉人的身分，給他農業戶口的待遇，給他奴隸般的命運。你們將他製造為一枚委屈的賤民，你們從來不曾關心他哪怕半點，相反你們覺得是他侵入了你們正常安定的生活，覺得他就應該接受這樣的現實——你們對此毫無愧疚，對吧？當然，也可以想像，你們現在一個個也不肯原諒他。我現在只問一句，同樣是生命，請問是誰讓你們堂而皇之地坐在這裡，你們坐得安心嗎？」說完，他似乎也被自己的言語震懾住了，愣然坐倒在椅上。檢察官為著不甘示弱，也站起說：「即使我同意你的觀點，那我們現在是不是應該將被告人的孀子吊起來處死？是不是應該將我們所有人都拉出去槍斃？是不是應該當庭釋放他？你們同不同意？」

「我同意，」我的律師聲音沙啞，但態度明確，「完全同意。」

「你同意，我不同意。何況我一點也不覺得情況就像你說的那樣。如果被告人僅僅是為了震懾他的孀子，他可以殺死她的一隻貓一隻狗，犯不著繞這麼大的圈子。即使他要通過殺死一名女同學來實現這個目的，他只要將被害人殺死便可，為何還要再補三十七刀？為何還要將她倒放在洗衣機內？你們覺得這是為什麼？」他停頓下來，讓大家有足夠的時間將事情在我和孔潔之間聯繫起來，然後他伸出乾瘦修長的食指，像槍一樣戳著我。我偏過腦袋，那晃蕩的指尖便重新將我瞄準。就像我逃無可逃。他說：「仇恨！這是基於仇恨的殘忍！他如此殘忍，完全是因為他仇恨孔潔！只有這一種可能！」

隨後他問我是不是追過孔潔，我說沒有，他複問我是不是遭受過對方的拒絕，我說沒有。他對我的回答很滿意，他覺得我要是回答是那就不是一個罪犯了。然後他自己發揮，講出一通佛洛伊德、榮格、自卑型人格、皇帝女兒、醜陋的情慾之類的東西。看得出為這演說，他已準備了一堆格言，想急切引用出來，同時又想發言像瀑布般通暢，因此數度梗阻，需要看眼筆記本。但每次梗阻都會帶來新一輪的咆哮。他終於說完時，也像大病初癒，毫無元氣地躺在椅子上。

應檢察官強烈要求，我的嬸子最終還是出庭了。她走進來時，幾步腿就硬了，邁不動。好像她才是受審人。好不易走到證人席，她便低下頭，腦門滲出一層亮晶晶的汗。檢察官請她複述案發現場的情形，她哆哆嗦嗦說了。她現在明明是害怕法庭這樣的場合，大家聽她講時，卻覺得她仍然在害怕當時看見的。

檢察官問：「辯護人說是因為你的歧視才導致凶案。你承認麼？」嬸子那巨象般的身軀便發生要命的震顫（就像大廈將傾）。「不是。」她就這樣背叛了律師和媽媽對她的苦苦遊說。

「到底是不是？」

「不關我的事。」

「那你有沒有歧視你的侄子？」

「不能說是歧視。」

「那是什麼？」

「他們也要講點良心，他媽媽將他委託給我，我當然有責任好好帶。為了不影響他高考複習，我自己都搬出去住了。他在這裡還長了十斤肉。你問他自己是不是。」

我的律師正準備起來發言，我舉手了。審判長示意我說，我便說：

「嬸子，我只想問你，你的玉佛哪裡來的？」

「什麼玉佛？」

「黏在保險櫃底下的玉佛。」

「那不是什麼玉佛。」

「那是。你和叔叔這些年到底收了多少禮啊？」

這個女人目瞪口呆，猛然像演戲一樣揮舞著雙手向地上癱軟下去，幾個人衝來將她抬出去。我心想現在沒有誰比她更心疼的啦。我把這話說出來，她就不敢提出賠償了，即使有賠償，那賠償的價錢也和她自己拿出去賣不一樣。也許我媽媽早賠給她了。不過沒關係，我現在也總算讓她得到她應得的。

隨後出庭的是鄰居何老頭。他大概很久沒有到過這種大場合，整個人躍躍欲試。事情本只有五分，他添油加醋地講，便有十分。他講完自己看到的現場，又胡謅出我平時幹了很多壞事，「可以說壞事都被他幹完了。」他說完抿著嘴唇，以一種政府的態度蔑視著我。而我覺得他不過是一堆腐臭。我說：「你打了我。」

「我沒有。」

「你打過我。你掐著我的脖子，一直罵我，還打了我一耳光。你摧殘了我的心靈。」

「胡說。」

「你打了就是打了。」我覺得很好玩。他果然找不到說理處，握緊拳頭。我接著說：「你的狗死了嗎？」他猛然一驚。「是我下的鼠藥。」我說完，老頭腦門充血，嘴裡大罵：「你他媽還是人不是人，連條狗都不放過。」我的律師連續嘆氣，也許他覺得我太幼稚。而檢察官則面露微笑。沒什麼比這更能證明一個殺人犯的凶殘成性的了。

此後民警出庭，他強調不少江湖大佬被抓到時都癱軟了，而且要求見父母妻兒，唯有我神情冷漠、若無其事，「這麼大的事情，就是要求吃一口麥當勞。」

「是肯德基。」我說。

告白

我決定：既然我安排不了自己，
那就交給你們安排；
既然我也不能選擇自己，
那就一併交給你們選擇。
你們追，我跑，就這麼簡單。

此後，我的律師一提交情有可原的說法，檢察官便站起表達罪無可赦的觀點。就像天平往左傾斜一點，他就勢必往右邊增加點重量。律師決定轉移戰場。他出示一份按有接生婆手印的出生證明，聲稱我不滿十八週歲。檢察官認為應提起調查，包括戶籍檔案、學籍檔案、鄰人證言以及我媽媽在十八年前的活動都應該調查，他說這不是一件難以解決的事情。同時他提醒律師，引誘證人作偽證會被判處徒刑。

我的律師又陳述我有三層自首情節。檢察官表示不能採信，因為我自始至終都未表現出任何悔意。律師瞇眼看我，意思這不是他一個人的事，但我覺得現場表演一段懺悔，並不符合自己意願。檢察官問：「你是不是到現在也不感到懺悔？」這個問題甚至是在幫我，但我偏過腦袋。我沒有回答不是，也沒有回答是。我本想回答是。

「你為什麼主動找到抓捕的民警？」我的律師問。我仍然偏過腦袋。審判長提醒我有必要回答這個問題。我想了很久，覺得還是應該說出真相，「因為我感覺他們的追捕不行。」律師感覺到背叛，十分氣惱，急急申請對我進行精神疾病司法鑑定。在此之前他藉著走過被告席之機，敲了一下桌子。

他出示五年前A縣人民醫院出具的診斷證明書，詳細解釋癔症、神經官能症的學理，並引經據典，論證精神疾病司法鑑定的必要性，他認為一審法庭對我提出的鑑定要求沒有足夠重視，現在調查核實這份診斷書符合取證全面客觀的原則。同時他拿出報紙，上邊有兩位政法大學教授表態支持鑑定，他們說：「法官辦這種案子應辦成鐵案，判死刑後再去做鑑定，就晚了。」檢察官冷笑著，取出小梳子，用手掌護著梳理本已完好的髮型。他當然覺得這是所有被告人都會採用的一招。後來他指著我對大家說：「他有沒有一點精神病的表現？」又問我：「你是不是精神病？」

「我當然不是。」我感覺所有人都很吃驚。

「你怎麼知道你不是精神病？」我的律師憤怒地站起來。

「有沒有我自己還不清楚？」

「每個精神病都會這麼說，你這就是有病的表現。」律師青筋暴突，狂敲桌子，旁聽席爆發出一陣笑聲。

「那你需不需要作鑑定？」審判長問。

「不需要。」我說。我的律師將公事包摔在桌子上，幾乎要走掉。不過出於對自身榮譽的尊重，他還是建議法庭將孔潔的媽媽請來。做完這一切，他楚楚可憐地看了我一眼，就像身處絕境的人發出最後一絲懇求。而我早想終止這場遊戲。我感覺法庭上的我已不是我，它只是供大家維護自己謊言的工具而已。

孔潔媽媽依舊穿著黑長裙，但是紮了一個藍圍巾。那是孔潔留下的。她壓抑著委屈，宣讀一份〈一位母親為了另外一位母親所提出的求情書〉，大家皺著眉頭，表情莊重，一動不動注視她。她今天的發揮不錯，語調、感情以及克制力，渾然天成。我想這是因為我的律師替她擬定了演講稿，她可以從中找到一些共鳴（而不是像她自己那樣亂嚎亂叫）。律師像詞曲作者看著舞臺上的歌唱家那樣，不時跟著話語敲動指頭，不少人伸手擦眼淚。

但我中止了她的演出。我插進話：「這是一場交易。」我看到紙張像白鶴從她手中飛走，接著那瘦高莊嚴的身軀開始抖動。她眼睛閉了一下，又張開，然後直通通向後倒去。人們趕快衝過去扶她，她已口吐白沫，全身可怕地抽搐起來，就像一個癲癇病人那樣。法庭嘈雜得像菜市場，大家蠢蠢欲動，在焦急地尋找一句話。最終他們同時找到了，他們喊：

殺死他！

殺死他！殺死他！

殺死他！殺死他！殺死他！

我抬起頭看天花板，接著掃視法庭，它狹小得像劇院包廂，一群遙遠的人正站著揮舞拳頭，剩下的是空蕩蕩的黃色座椅和暗青色的欄杆。在邊牆之上，綴著一盞西式燈座，那裡一直亮著微弱的燈光，一直沒人關。總有一天，這裡什麼人也沒有，只剩塵埃飛舞。

「殺死我。」我回到現實中來。我覺得自己的眼神十分真誠。這時我的律師已將文件塞入包裡，完全成為旁觀者，而檢察官長久地陷入在詫異和震撼當中，不過他最終還是拿出一份報告，聲情並茂地讀。我聽到這樣一些詞：窮凶極惡、喪盡天良、無視國法、草菅人命、手段極其殘忍、後果極其嚴重、社會危害極大、不殺不足以平民憤。

他讀完以後，全場報以熱烈的掌聲。掌聲持續很久，倏忽之間又徹底消失了，大家和我一樣感覺到一種難以名狀的落寞。

審判長問我有什麼說的，我說：「我想告訴檢察官，當我買到彈簧刀時曾路過他，我想過要殺死他。只是我計畫已定，才放過了他。」他看起來很糊塗，禁不住看了一眼自己。這時法庭突然爆發出獅子式的咆哮，「你為什麼獨獨要殺我女兒？」

「我必須殺一個人。」

「你可以殺貪官，殺壞人，為什麼獨獨殺我女兒？」

「因為她值得殺。」

「為什麼這麼說？」審判長問。

「因為她漂亮、善良、有才華、前途無量，同時身世可憐，早早失去父親。她是你們的心肝肉。」

「畜生！」檢察官說。

「這樣做是為了仇恨嗎？」審判長問。

「不，是為了造成社會反響。我看過報紙雜誌，知道一件凶案之所以受到重視，只因為事主是大學生、兒童或者年輕女性。一個長相醜陋的女性被害，往往被報導為花季女子、妙齡女子、美麗女子或者是善良女子。一個普通的女性尚且如此，像孔潔這樣接近完美的女性就更會被渲染了——我怕你們渲染得不夠，還捅了三十七刀。我選擇孔潔是經過精心設計的，她既輕信別人，又不懂得反抗，最重要的是，她活在你們內心的最高處。我當著你們的面將瓷器一般的她摔碎了，你們便會湧現出空前巨大的同情及仇恨。你們咬牙切齒，恨不能將我五馬分屍、凌遲處死。」

「你毀壞她，就是為了出名？」檢察官說。

「不。我僅僅是為了讓你們在追捕時有力度一點。我殺掉你們不允許殺的人，你們便會調動所有力量和潛能，甚至是發動全社會來追捕我。但是你們最終沒有辦到，你們越來越懈怠，因此我投案自首。」

「你是為了逃亡而殺人？」審判長說。

「是，唯有逃亡，我才能感受到生命的充實。你們是貓，我是老鼠，老鼠精幹、結實、不多不少、沒有一絲多餘的脂肪，渾身散發著數字的簡練之美。我渴望過這樣緊張忙碌、充滿壓力的生活。」

「你不是正在參加高考嗎？你不能將生命投入到緊張的複習當中麼？」審判長問。

「我早被內定招收到軍校，我的叔叔是軍校教務處長。」

「那你也完全可以積極主動地做別的有意義的事情來充實自己。」審判長說。

「我試過，我曾想過去當一位超人。但那些事情總是像剛剛投到沙漠的水，很快蒸發了。我總是在事情開始之時看到它不可避免的結局。比如吃蘋果，最後是垃圾桶裡的果核；大家舉杯敬酒，事後杯盤狼藉，一隻貓兒在孤獨的餐廳走來走去；又比如愛情，它像煙花彈上空中，然後我們用一種陽痿人做愛的精神欺騙自己：那天空還有光華。其實是一片漆黑；還有我們的人生，我們終將變成衰朽的肉身，沒有尊嚴到連自己的糞便也不能處理。最後我們死了，我們死了的未來某天，一隻淘氣的狗兒從地裡刨出一根腐骨，叼著跑來跑去。那是我們的腐骨。」

「你活著還有什麼意思？」檢察官說。

「是啊，我活得一點意思也沒有。如果當時我殺的是你，你就會更有意思點。」他用手拍桌子，看起來有些想發作，我接著說：「我今天不是作為上帝來告訴你活著的真相，我只是告訴你，我作為一個身體年輕而心靈衰竭的人，所遭遇的現實。我早已不相信一切。很早時我就知道天鵝和詩意沒有關係，天鵝為什麼總是在飛？因為牠和豬一樣，要躲避寒冷、尋找食物。我們人也一樣，我們之所以高級於動物，不是我們不幹和牠們一樣噁心的事情，而是我們有意識，我們意識到我們在和牠們一樣幹著噁心的事情。我們追逐食物、搶奪領地、算計資源、受原始的性慾左右，我們在幹這些事，但為著羞恥，我們發明了意義，就像發明內褲一樣。而這些意義在我們參透之後，並無意義，就連意義這個詞本身也無意義。

「因為這個可能是錯誤的清醒，我冷漠、無為，遇事更易體驗到蕭條。我的生命因此渙散開來，人總是像癱瘓病人那樣無所事事地躺著。每一天到來時都沒有奇蹟發生，就像任何一個昨天一樣一成不變，時間凝滯掉，緩緩流淌，最終像巨大的混凝土澆下來。我每天都要遭受這樣的滅頂之災，我不能呼吸，動彈不得。我感到沒來由的恐懼，時常莫名其妙地哭泣。終於在某一天，在忍無可忍之時，我決定：既然我安排不了自己，那就交給你們安排；既然我也不能選擇自己，那就一併交給你們選擇。你們追，我跑，就這麼簡單。我可以像原始社會處於食物鏈弱端的動物那樣，在無時不在的追殺中狂奔，進而享受到無意識的充實。說到底，生命終歸無用，做什麼不做什麼都一樣，都是覆滅，但至少我可以通過這個來避免與時間的獨處。我想在自己與時間之間建立一個屏障。我曾渴望投身戰爭，或者去水泊梁山，那樣我便可以在打殺中光明正大地發洩私欲。也曾想像俠客去搭救落難者，但最終我想到，沒有人會為了報恩，滿世界地找你。從技術條件上講，殺死孔潔這個近乎完美的你們的心肝肉，是我能想到的近乎完美的手段。我在逃亡時一路留好痕跡，就像獵物在路上不停遺留帶有體味的糞便，讓你們來追，我曾感受到時間密實的愉快，全身心都感受到，我以為自己能收穫充實這枚生命之果。但最終，在這場遊戲中，我執行得很好，而你們有愧於我。」

說完，我端起手銬，艱難地用中指搔後頸的癢。大家目瞪口呆地看著我，覺得我偏執、可怕而多少又有點道理。就是我自己好像也有一點發言完畢的滿足感，甚至想有人過來給我倒一杯開水。許久以後，大廳響起一聲恍然大悟的喊聲，「不！」那是檢察官在喊。他扯著領帶，跳起來指著我，說：「你才是最大的惡，再沒有比你這樣的惡更大的惡了。相比你這種凶行，我現在更同情那些為了錢、性慾去犯罪的人，他們是多麼值得尊重！他們畢竟還遵守我們常人的欲望和思維，而你這個瘋子卻攻擊我們整個制度、傳統，以及我們賴以活下去的信念。」

我頷首。他又像看魔鬼那樣看了我很久，然後像是小孩子那樣極其恐懼地喊。他的聲音在大廳內到處奔跑。「審判長還有在座諸位，我呼籲！立刻簽署死刑令！立即將他處死！我能感覺到這偏執可怕的思想一旦滋生蔓延，勢必會使更多的無知青年受到慫恿，勢必危害整個社會，勢必使我們整個人類都生活在莫名的恐懼中。我呼籲！為了我們，為了人類自己，現在，立即，槍斃他！」

沒有人回應，所有人呆坐著。我舉起手銬，仰著頭，以一種完完全全的坦然說：「嗯，槍斃我。」

後來，我被帶到一間新的牢房，二審結果也很快下來，不出意外。我知道關於我的公文會在各個衙門之間奔走，中院報送高院，高院報送高法，高法下撥高院，高院下撥中院。中院的門衛接到信件，報告科員，科員報告科長，科長報告副院長，副院長報告院長。死刑的執行也許會耗時幾個月，也許會有一年。也許是槍決，也許是注射。隨它吧。我在等待最後的晚餐。而他們最終也一定會用他們的方式解釋這起殺人案，比如見色起意，試圖搶劫，承受高考壓力，受到社會歧視，等等。他們會找到合適的一條向社會宣布。他們不想讓人知道，一個人僅僅因為無聊想玩貓和老鼠的遊戲，便殺了另一個人。

而我最初為這起事件制定的計畫，只有四句話：

目的：充實；

方式：逃亡；

手段：殺人；

資金：一萬。

這就是我的遺書的全部。我想說，在你們的歷史上存在過這樣一個人。再見。

【後記】

一個作者，還是一個正義的作者

阿乙

現在回想這篇小說的寫作歷程，有如夢魘。它作為欲望的斑點，誕生於二〇〇六年夏，我看到一則簡短報導：一位年輕人殺死同學，沒人能找到他的殺人動機。當時我和文學的關係很簡單，只是一個普通讀者。

我和很多事物擦肩而過，料想這報導也如此。但在幾個月之後，我發現它自行變大，成了一個可怖的世界。我每天都裝載著對它的龐大理解和無窮編造，就像背負重物。二〇〇七年春節，我沒有回鄉過年，試圖將它產下來，但只寫出十五節。當年五一，續寫兩節，國慶時又加了一節，但被迫停手。因為寫作間隔時間太長，文本前後掣肘，互相矛盾，而詞句也因時間將盡而顯得倉促淩亂。當時它叫《殺人的人》，有八萬字左右，計畫總長度為二十四萬字。因為這個，後來我只敢寫短篇。一些人還以為這是一種文學上的自覺選擇。

我差不多忘了它。直到二〇一〇年，在倒騰櫥櫃時看見材料，才想起還有這一遭。我想到自己如何盡力搜集資料，如何曠日持久推算，如何試圖去法庭旁聽，如何鑽研卡繆、杜斯妥也夫斯基、托爾斯泰的三部著作——我想到這些狂熱的準備，以及它的草草收場，便被一種恥辱感緊緊包圍，就像一個窮人生不起孩子。

我想從頭來過，而生活中別的事情也按照它的軌道運行過來，擠成一團。在祖母下葬的同時，我按照父親要求，購買新房，準備結婚。而因為寫作所帶來的對生活的敵意，我與女友的關係其實已走到盡頭。二〇一〇年五月二十三日，我看著世界盃報導的加班表，哀楚欲死，感覺就像游泳好手要將自己溺斃，「好，我陪你們去生活，陪你們買房、結婚、加班。」我像困獸憤怒行走，最終做出的卻是相反的選擇。今天看來，這個選擇沒有辜負我，但相比《月亮與六便士》裡的史崔蘭，以及不少狂熱的朋友，我還是缺少出格的勇氣。他們都曾為創造的理想辭職，而我只是命令自己無論如何也要開始。我容易在妥協狀態裡生存。我在開始時打上這天的記號，後來才知在四年前，同樣是這一天，主人公的原型受激情驅使，舉起屠刀。這是一種可怕的巧合。

最終因為我的專橫霸道，我和女友分手，每天早上六點多起床上班，傍晚八點多回家，我總是試圖在網站工作中保護住精力，但每次回來都氣息奄奄，一個字也寫不動。然後我等週末。在週六，我會因為要找到續寫感覺而苦苦推敲，因此最終只剩下週日能暢快地寫幾千字。在這過程中，平均每三天，父親都打電話來，以商量的口吻問：「找女朋友沒有？」我每次都心藏怒火。我想說：「正因為你想讓我結婚，我有了一間房子；正因為要還月供，我不敢輕易辭職、跳槽；正因為這狗日的工作，我每天被消耗一空。」

有一天接過父親電話後，我翻開電話簿，找到一個自認妥當的人，發短信：我喜歡你。她和我進行了接觸，但是猶疑。對女人來說，這種緊迫的求愛不但值得懷疑，還值得鄙視。在見到她後我笨手笨腳地抱她，被掙脫開，這事情就完了。後來父親問我如何，我說高攀不起。聽得出來他很悲哀。

二〇一〇年十二月二十六日，這篇薄薄的小說終於修改完畢。當時是下午，窗外鋪陳死氣沉沉的建築物、冰塊、樹和時光，我一人呆坐，不知悲傷應該從哪裡來。我有一個朋友在寫完長篇後嚎啕大哭，我覺得我也應該這樣，但一直沒等來。我對自己很失望。當夜我失眠，恐懼像大風不停颳進空洞。我害怕這一切都是在做無用功。

這篇小說標題（原名）為〈貓和老鼠〉，偏近於對故事的解釋，喻示的是互動關係中的位置與使命，一個窮凶極惡地追，一個沒日沒夜地逃。小說的主人公在被無聊完全侵蝕後，再也找不到自振的方法，因此殺人，試圖贏得被追捕所帶來的充實。想一想這場景：就是要睡了，也要在指間夾一根燃燒的香煙，好在煙頭燒到皮膚時醒來，繼續逃命。（而「該幹些什麼」偏近於對一種狀態的解釋，偏近於象徵）。小說可用一句話概括：因為太無聊，並無法依靠自己解決這種無聊，主人公決定犯罪，與員警玩你追我趕的遊戲。它取材於新世紀後發生的一起真實案件，在闡述犯罪動機時，當事人神神叨叨，看起來像是用瘋子的語言與外界交流。直到死刑執行，真相也沒出來。但他成為一隻籮筐，將很多專家、媒體、讀者的解釋都裝了進去，他們為著維護自己的利益、職責、良心還有可能是粗淺的見識，將他解釋成他們想像中的樣子，或者說是想要的樣子。我在其中之列。我想他就是因為無聊。我想提醒一下，這裡所說的無聊是個重要問題，是每個人都可能遭遇的問題，而不是我們對別人的街談巷議（不是一種吊兒郎當）。它甚至可以被解釋為無助。如果有上帝，那麼它也應該成為上帝同情的一種遭遇。

我將他設置為一個純粹的人。就像電影《計程車司機》裡的崔維斯，他的子彈注定要射出，至於射死的是總統候選人還是黑社會，他並未深究，他只是需要子彈射出。他並沒有先天的善惡動機，只是在效果上，他不能殺死總統候選人而可以擊斃黑社會成員，因此被捧為城市英雄。而我的主人公，他的行動為世人不齒，他們集體呼喊：

殺死他！

殺死他！殺死他！

殺死他！殺死他！殺死他！

在原初的動機上，我的主人公一心只想著「如何充實」，殺人只是這一動機的外延。我著重探究的是這一動機。從動機上看他和過去的我並無區別，很多年我都渾渾噩噩，無所事事，每天盼望世界大戰。只是我止於語言，而這個主人公卻付諸行動。他設想過頻繁地做好事，好讓受恩人去搜尋他，但他想這樣的搜尋注定鬆弛、鬆散，從技術上並不能使他充實。因此他去當了惡棍。在殺那個漂亮、善良、充滿才藝的女孩時，他考慮的也是技術，因為殺掉一個完美的人，會激怒整個社會，進而使追捕力度增大。

寫作時我很平靜。我從來不讚美也不認同這種行為，但也沒有急不可耐或先入為主地對它進行審判。因為一個作者一旦將自己設置為正義的化身，他的立場便可能偏頗，思想便可能空洞，說教便可能膚淺，所揭示的也可能為人們所麻木。在這方面，我遵循卡繆的原則，像冰塊一樣，忠實、誠懇地去反映上天的光芒，無論光芒來自上帝還是魔鬼。

但最終我還是害怕，因為書寫這種罕見的罪惡，就像揭開一個魔盒的蓋子。我在小說中讓檢察官說，這種僅僅因為無聊而殺人的行為，它不可預測，使人膽寒，性質早已超越殺人放火、強姦拐賣，攻擊的是我們整個制度、傳統，以及賴以活下去的信念。

因為這種創造的害怕——我創造了一個純粹的惡棍——最終我抹去他的名字。一本小說有主人公卻沒有名字，因此討論起來就不方便。我既想你們看見作品，又想你們忘記它。

因為將自己太多的觀點投入到這個年輕的主人公身上，讓他演說出來，有不少人批評。認為一個二十歲不到的人說出三四十歲的人的話不妥帖。我認同這點。現在也很後悔。書出版後有幾起青少年的案件發生（最近的是紅領巾案），有好些記者和讀者在網路上tag我，說這就是《下面，我該幹些什麼》的現實版，認為我預言了某種現象。我什麼也沒預言，我取材的也是一件真實案件，我不可能去預言我所取材的那件案子。而這些後發的案子也教育了我，我想我對他們的理解越來越多，可惜當時我已經自以為是地寫了出來。

我到現在還很好奇，當初那個殺人者，他為什麼殺人，到底為了什麼。

他什麼也沒說，只是留給我們一些支離破碎的密碼。現在我認為他也是在心智不成熟的情況下設定這個密碼的。就像我們隨便捉弄人，隨便拋出一個謎面，讓人苦苦地猜，而實情是什麼謎底也沒有。

國家圖書館預行編目資料

下面，我該幹些什麼／阿乙著. --初版. --臺北市:寶瓶文化, 2014. 11
面； 公分. --(Island；232)
ISBN 978-986-5896-91-1（平裝）

857. 7 103021278

island 232

下面，我該幹些什麼

作者／阿乙

發行人／張寶琴
社長兼總編輯／朱亞君
主編／張純玲・簡伊玲
編輯／賴逸娟・丁慧瑋
美術主編／林慧雯
校對／賴逸娟・陳佩伶・劉素芬
企劃副理／蘇靜玲
業務經理／李婉婷
財務主任／歐素琪 業務專員／林裕翔
出版者／寶瓶文化事業股份有限公司
地址／台北市110信義區基隆路一段180號8樓
電話／(02)27494988 傳真／(02)27495072
郵政劃撥／19446403 寶瓶文化事業股份有限公司
印刷廠／世和印製企業有限公司
總經銷／大和書報圖書股份有限公司 電話／(02)89902588
地址／新北市五股工業區五工五路2號 傳真／(02)22997900
E-mail／aquarius@udngroup.com

法律顧問／理律法律事務所陳長文律師、蔣大中律師
如有破損或裝訂錯誤，請寄回本公司更換
著作完成日期／二〇一二年
初版一刷日期／二〇一四年十一月十日

ISBN／978-986-5896-91-1
定價／二八〇元

Published by Aquarius Publishing Co., Ltd.

Printed in Taiwan.

愛書人卡

感謝您熱心的為我們填寫，
對您的意見，我們會認真的加以參考，
希望寶瓶文化推出的每一本書，都能得到您的肯定與永遠的支持。

系列：Island232　**書名：下面，我該幹些什麼**

1. 姓名：＿＿＿＿＿＿＿＿＿　性別：□男　□女
2. 生日：＿＿＿年＿＿＿月＿＿＿日
3. 教育程度：□大學以上　□大學　□專科　□高中、高職　□高中職以下
4. 職業：＿＿＿＿＿＿＿＿
5. 聯絡地址：＿＿＿＿＿＿＿＿＿＿＿＿＿＿＿＿＿＿＿＿＿＿＿＿＿

   聯絡電話：＿＿＿＿＿＿＿＿＿　手機：＿＿＿＿＿＿＿＿＿
6. E-mail信箱：＿＿＿＿＿＿＿＿＿＿＿＿＿＿＿＿＿＿

   □同意　□不同意　免費獲得寶瓶文化叢書訊息
7. 購買日期：＿＿＿ 年 ＿＿＿ 月 ＿＿＿日
8. 您得知本書的管道：□報紙／雜誌　□電視／電台　□親友介紹　□逛書店　□網路

   □傳單／海報　□廣告　□其他
9. 您在哪裡買到本書：□書店，店名＿＿＿＿＿＿　□劃撥　□現場活動　□贈書

   □網路購書，網站名稱：＿＿＿＿＿＿＿　□其他＿＿＿＿＿＿
10. 對本書的建議：（請填代號　1. 滿意　2. 尚可　3. 再改進，請提供意見）

    內容：＿＿＿＿＿＿＿＿＿＿＿＿＿＿

    封面：＿＿＿＿＿＿＿＿＿＿＿＿＿＿

    編排：＿＿＿＿＿＿＿＿＿＿＿＿＿＿

    其他：＿＿＿＿＿＿＿＿＿＿＿＿＿＿

    綜合意見：＿＿＿＿＿＿＿＿＿＿＿＿＿＿＿＿＿＿＿＿＿＿＿＿＿＿＿＿＿＿
11. 希望我們未來出版哪一類的書籍：＿＿＿＿＿＿＿＿＿＿＿＿＿＿＿＿＿＿＿

讓文字與書寫的聲音大鳴大放

寶瓶文化事業股份有限公司

（請沿此虛線剪下）

廣告回函
北區郵政管理局登記
證北台字15345號
免貼郵票

寶瓶文化事業股份有限公司　收

110台北市信義區基隆路一段180號8樓

8F,180 KEELUNG RD.,SEC.1,

TAIPEI.(110)TAIWAN R.O.C.

（請沿虛線對折後寄回，謝謝）